1781

Doris Gercke

Pasewalk

Eine deutsche Geschichte

| Hoffmann und Campe |

1. Auflage 2009

www.hoca.de
Satz: Rafaela Nimmesgern, Hamburg
Gesetzt aus der Adobe Caslon und Helvetica
Druck und Bindung: Druckerei C. H. Beck, Nördlingen
Printed in Germany
ISBN 978-3-455-40188-2

HOFFMANN
UND CAMPE

Ein Unternehmen der
GANSKE VERLAGSGRUPPE

in der wüste pasewalk
engel deine flügel walk.
…
hitler war drei tage blind.
flieh die politik mein kind
…
mit gewalkten flügeln engel
flieg zum nächsten totensprengel

(Gisela Kraft)

Ein toter Vater wäre vielleicht
Ein besserer Vater gewesen.

(Heiner Müller)

Lisa / auf dem Weg nach Pasewalk

Ich wusste, dass jeder Schritt, den ich tun würde, einen nächsten erforderlich machen könnte. Wahrscheinlich war das der Grund dafür, dass ich meine Großmutter Dora seit siebzehn Jahren nicht mehr gesehen hatte. Seit siebzehneinhalb Jahren, genauer gesagt. Ein halbes Jahr saß sie in Untersuchungshaft, bevor ihr Prozess begann. Seit sie das Haus verlassen hatte, begleitet von einem Polizeiaufgebot, habe ich sie nicht mehr gesehen.

Ich wäre auch jetzt nicht in das Gefängnis gegangen, in dem sie es sich bequem gemacht hatte.

»In das sie sich zurückgezogen hat«, sagt mein Freund.

Er war dafür verantwortlich, dass ich doch noch zu ihr gegangen bin. Als meine Großmutter verurteilt wurde, kannte ich ihn noch nicht. Er ist Anwalt, wie ich, aber älter. Er hat den Prozess damals verfolgt. Ich war zu der Zeit in Spanien, genauer: in Andalusien. Seit damals liebe ich dieses Land. Karg, abweisend, kaum Menschen, wenn die Sonne untergeht von überwältigender Schönheit.

Seine Rede: »Sie ist nicht mehr jung. Sie wird sterben, ohne dass du sie wiedergesehen hast, und du wirst dir Vorwürfe machen für den Rest deines Lebens.«

Ich hab ihn ausgelacht. Aber er weiß natürlich genau, wie er mit mir umzugehen hat. Irgendwann war es dann so weit. Ich bin ins Gefängnis gegangen, um meine Großmutter zu besuchen.

Ich fürchte mich nicht vor Gefängnissen. In meinem Beruf gehören sie zum Alltag. Aber ich kenne Menschen, die Angst haben, dorthin zu gehen. Sie fühlen sich bedrängt von den Schicksalen, die sie hinter verschlossenen Türen vermuten, wenn sie durch die Gänge gehen. Sie stellen sich Augen und Ohren vor hinter den Zellentüren, die ihre Schritte registrieren, und Münder, die fluchen, weil sie, die Vorübergehenden, frei sind.

Ich halte das für lächerliche Projektionen von Leuten, die sich schuldig fühlen. Wenn man sie fragte, weshalb, wüssten sie keine Antwort.

Ich fühlte mich nicht schuldig.

Selbstverständlich hatte ich mich angemeldet. Man betritt diese Anstalten nicht ohne Anmeldung. Auch deshalb kommt mir der Ausdruck »Besuch« unpassend vor. Wenn ich an Besuch denke, dann fällt mir eine fröhliche Runde ein. Jeder Neuankommende wird mit Hallo begrüßt. Man lacht miteinander.

Die alte Frau, ich empfinde die Bezeichnung Großmutter für sie als unpassend, obwohl sie meine Großmutter ist, saß in dem Raum, den sie vermutlich seit Jahren bewohnte. Sie war mit einer Handarbeit beschäftigt. Sie sah auf, als ich in der Tür stand, in der offenen Tür zu ihrem sieben Quadratmeter großen Heim.

Ich trat ein, sagte guten Tag und sah mich um. Es gab nur den Stuhl, auf dem sie saß. Ich setzte mich auf das Bett. Sie sah mich lange an, bevor sie den Mund aufmachte. Ich hätte mir denken können, was sie sagen würde.

Dora / im Gefängnis

»Irgendwann würdest du kommen. Ich wusste, dass du irgendwann kommen würdest.« Das habe ich zu ihr gesagt.

Und schon während die Worte meinen Mund verließen, war mir klar, dass wir uns nichts mehr zu sagen haben würden. Das jedenfalls versuchte mir die Frau, die auf meinem Bett saß und mich ansah und meine Arbeit, durch ihr Verhalten zu verstehen zu geben.

Ich gab mir Mühe, mich zu erinnern, wie sie aussah, als ich sie zuletzt gesehen hatte. Ich weiß, dass sie noch zur Schule ging. Wir hatten gefrühstückt, und sie zog sich gerade ihren Mantel an, als die Polizei kam, um mich zu holen. Vielleicht wäre es leichter für sie gewesen, wenn es nicht so viele Polizisten gewesen wären.

Sie besuchte mich nicht im Untersuchungsgefängnis. Das verstand ich. Aber ich erinnerte mich nun, dass ich sie unter den Zuhörern im Prozess erwartet hatte. Ich erinnerte mich, während sie vor mir saß und auf meine Hände starrte, an den Schmerz, den ich damals empfunden hatte, als mir klar wurde, dass sie nicht gekommen war. Dass sie nicht kommen würde. Jetzt nicht und später nicht. Nun war sie da.

Was davor geschah

Die Geschichte von Lisa und Dora hat eine lange Vorgeschichte. Sie beginnt im Jahr 1902.

In diesem Jahr geht Lene, die Urgroßmutter, »in Stellung«, wie man damals sagt. Sie ist vierzehn Jahre alt und wird Kleinmädchen im Haus eines Hamburger Senators. Dessen Haus steht an der Palmaille in Altona.

Die kleine Lene hält die Frau des Senators für eine Hexe. Die lässt das Mädchen unter der Treppe schlafen, in dem engen Zwischenraum zwischen Fußboden und Stufen. Die Tür allerdings, die den winzigen Raum abschließt, erweist sich als Vorteil. Die ist so klein, dass der Senator nicht hindurchpasst. Anders als die übrigen Mädchen im Haus ist sie dadurch vor den Nachstellungen des Senators geschützt.

Lene lebt gern in der neuen Umgebung. Das Haus ist hell und weitläufig. Und dass sie darin herumgehen darf, während sie arbeitet, entschädigt sie für die Enge der Nächte. Im Übrigen ist ihr Enge nicht fremd. Zu Hause ist sie das dritte von fünf Kindern, und die Wohnung ist nicht groß. Ein Wohnzimmer und eine Küche, mehr nicht.

Sonntags hat Lene frei. Dann wandert sie am Morgen nach Hause und am Abend die zehn Kilometer zum Haus des Senators zurück. Morgens los und abends zurück. Ihr Weg führt sie an der Elbe entlang. Am liebsten geht sie ihn im Nebel. Sie kann die Schiffe nicht sehen, aber sie hört die Nebelhörner. Oft sind Reiter auf dem Weg. Die tauchen erst vor ihr auf, wenn die Pferde sie schon fast unter den Hufen haben. Lene ist verliebt in die uniformierten Reiter. Sie weiß nicht, welche Uniform zu welchem Regiment gehört, und die Dienstgrade der Herren sind ihr gleichgültig. Aber eines Tages verliebt sie sich in einen Berittenen. Das ist kein Zufall, natürlich. Ihre Kleinmädchenzeit ist da schon ein paar Jahre vorbei.

Sie ist in Stellung, irgendwo, wo, weiß sie später selbst

nicht mehr. Nur, dass es ihr dort nicht gefällt, das ist sicher. Sie hat keine Tür mehr vor ihrer Schlafkammer. Es wird erwartet, dass sie auch am Wochenende im Haus bleibt, wenn die Herrschaften ausgehen. Die Herrschaften gehen oft aus. Jemand muss da sein, um den Kindern den Hintern abzuwischen; eine Tätigkeit, die die Gnädige nicht schätzt.

Lene liebt die Arbeit in diesen Familien nicht. Aber sie weiß, dass sie es hier besser hat als zu Hause.

Dort stirbt in dieser Zeit die Mutter. Die älteste Schwester versucht, sie zu ersetzen. Sie bekommt dann ein Kind, und der Vater hängt sich auf. Von diesem Kind erfahren Lene und ihre Geschwister allerdings erst fünfzig Jahre später, als die älteste Schwester selbst gestorben ist. Es wurde auf dem Platz begraben, der auch für sie vorgesehen war. In den Friedhofspapieren können die Geschwister lesen, dass das Kind nur ein paar Stunden alt geworden ist. Erst dann wird ihnen klar, dass der Selbstmord des Vaters um die gleiche Zeit geschehen ist. Sie ahnen einen Zusammenhang, über den nie mehr ein Wort verloren werden wird.

Lene ist schon aus dem Haus, als das geschieht. Ihre Schwestern erzählen ihr davon. Jemand von der Brauerei, für die der Vater gearbeitet hat, kam und sagte ihnen:

»Euer Vater ist tot.«

Am liebsten hätte man ihnen verschwiegen, wie er ums Leben kam. Aber die Brauerei ist für seinen Tod nicht verantwortlich, und es liegt der Geschäftsleitung daran, das zu betonen. Wer nicht verantwortlich ist, muss für die Hinterbliebenen nicht zahlen.

Lenes Vater hat einen Bierwagen der Brauerei gefahren. Seine Pferde sind sein Ein und Alles gewesen. Auch für die Kinder war die Arbeit des Vaters etwas Besonderes. Mitfahren durften sie nicht. Aber so ein Vierergespann, die Pferde geschmückt, und der Wagen, hochbeladen mit Bierfässern, das war schon ein besonderer Anblick. Beinahe feierlich sah das aus. Sie wussten, dazu hätten sie nicht gepasst. Aber wenn der Wagen vorüberfuhr, standen sie an der Straße und sagten:

»Das ist unser Vater.«

Und manchmal, wenn er seine Kinder sah, bewegte der Mann auf dem Bock die Peitsche ein wenig in ihre Richtung, so dass auch die anderen Kinder, die um sie herumstanden, ihnen glaubten. Obwohl eigentlich alle schon wussten, dass es ihr Vater war, der da vorüberfuhr. Das waren gute Augenblicke. Dafür mochten die Kinder ihren Vater, auch wenn er mehr Zeit mit seinen Pferden verbrachte als mit ihnen. Zwischen seinen Pferden hat er sich dann auch aufgehängt.

Lene hat da schon ihren Berittenen. Er trägt Uniform, ist aber weder Soldat noch Feuerwehrmann, sondern Polizist. Sie ist stolz, aber später wird sie sich fragen, ob er auch ihr Mann geworden wäre, wenn sie damals schon gewusst hätte, dass er bald nach ihrer Hochzeit vom Pferd fallen und sich so verletzen würde, dass mit der Reiterei Schluss sein musste.

1910 ist Lene sehr plötzlich eine junge Frau mit einem Kind im Bauch und einem Krüppel zu Hause. Weglaufen kann sie nicht. Wohin sollte sie gehen? Sie lernt, es immerhin als einen Vorteil zu begreifen, dass ihr Mann den Unfall während des Dienstes gehabt hat. Er bekommt eine Entschädigung und eine kleine Rente. Die lässt er sich auf einmal auszahlen. Es dauert eine Weile, bis das Geld da ist. Als Lene und ihr Mann es endlich in Händen halten, ist die Tochter schon geboren. Sie nennen sie Margot, und sie beschließen, sich von dem Geld selbständig zu machen.

Der Entschluss dazu fällt Lene nicht leicht, denn ihr Mann besteht darauf, in die Gegend zurückzukehren, aus der er gekommen ist. Sie ist Hamburgerin. Seine Familie lebt in Vorpommern, Uhlenkrug, eine Ansammlung von Klitschen in der Nähe von Pasewalk. Wenn sie nicht mit ihm verheiratet wäre, wüsste sie nicht einmal, dass es dieses Dorf und diese Stadt überhaupt gibt. Aber er erzählt oft davon. In der Verlobungszeit sind sie manchmal, wenn beide zufällig am selben Tag freihatten, an der Elbe spazieren gegangen. Er sagt, dass sein Vater Bauer sei und dass er noch dreizehn Geschwister habe und dass dieses Uhlenkrug das schönste Dorf sei, das er sich vorstellen könne. Die dreizehn Geschwister vergisst Lene. Vielleicht glaubt sie auch, dass die nicht mehr zu Hause leben. Das schöne Dorf ist es, das sie im Kopf hat, als sich die kleine Familie auf den Weg macht.

Es ist nicht viel, was sie besitzen. Aus dem Dorf hat man ihnen Pferd und Wagen geschickt. Schon der Anblick des Pferdes hätte sie misstrauisch machen können.

Lenes Mann kann nicht mehr reiten, aber wenn man ihm auf den Bock hilft, lenkt er die Pferde wie jeder andere.

Ihre wenigen Habseligkeiten füllen den Wagen nicht. Manchmal regnet es unterwegs Aber das macht ihnen kaum etwas aus. Lene nimmt die kleine Margot mit unter die Plane. Ihr Mann bleibt auf dem Bock. Um seine Schultern hängt eine Pelerine, von der das Wasser herabläuft. Es ist nicht kalt. Es ist beinahe Sommer.

Das letzte Stück führt der Sandweg zum Dorf durch einen Kiefernwald. Die Sonne scheint. Die Kiefern duften nach Harz. Ein paar Spatzen baden im Sand.

Als sie in das Dorf kommen, ist Lene von dessen Anblick überwältigt. Sie sieht die Häuser nicht. Das Dorf ertrinkt im Flieder. Später wird sie sagen: »Nie wieder habe ich so etwas gesehen. Am schönsten war der dunkle, aber eigentlich kann ich gar nicht sagen, was am schönsten war: die Farben oder der Duft, in dem das Dorf lag, oder die Stille oder das Geräusch der Räder, die den Sand mahlten, und wir drei und das Pferd, das schneller ging, weil es begriffen hatte, dass es nun wieder zu Hause war.«

Und dann dauert es keine zwei Tage, bis Lene ihren Mann vor die Wahl stellt: »Wir gehen hier weg, oder du siehst mich nie wieder.«

Weder die Schwärme von Fliegen, denen, besonders beim Essen, nicht zu entkommen ist, noch die begehrlichen Blicke des Schwiegervaters und schon gar nicht die eindeutigen Attacken der Brüder ihres Mannes, wenn sie nachts über den Hof geht, um ihr Geschäft zu erledigen, will sie länger ertragen.

So kommt die Familie nach Pasewalk. Lenes Mann hat verstanden, dass sie es ernst meint. Sie besteht auch darauf, weder dem Vater noch den Geschwistern etwas von dem Geld zu geben, das sie bei sich haben, obwohl sie spürt, dass ihr Mann das am liebsten tun würde.

In Pasewalk zieht sie mit der Kleinen ein paar Tage in das Hotel »Monopol«. Es ist das beste Hotel in der Stadt und eigentlich zu teuer für sie. Aber sie sagt, sie habe keine Lust gehabt, sich von den idiotischen Brüdern ihres Mannes unter den Rock greifen zu lassen, und betrachtet das teure Hotel im Stillen als eine Art Entschädigung für das, was ihr passiert ist, seit sie Hamburg verlassen hat. Ihr Mann schweigt dazu.

Tagsüber sitzt sie nun in der Gartenlaube des Hotels und lässt sich bedienen. Das gefällt ihr so gut, dass sie sich vornimmt, dafür zu sorgen, dass es ihnen in Zukunft gutgeht. Weil, so denkt sie nun, man mehr vom Leben hat, wenn man sich etwas leisten kann.

Sehr schnell ergibt sich die Gelegenheit, ein Haus in der Mühlenstraße zu kaufen. Nahe beim Haus steht der Pulverturm, und das Geklapper der Störche, die jedes Jahr dort oben nisten, wird sie von nun an begleiten.

Lene hat einen Blick dafür, was man aus einem Haus machen kann, und lässt sich nicht davon abschrecken, dass sie ein Haus gekauft haben, das völlig heruntergekommen ist. Im Gegenteil. Eine Frau, ein Kind und ein Krüppel, der nichts kann, außer Befehle geben: Gerade diese Situation scheint sie zu beflügeln.

Die kleine Tochter, Margot, weint oft. Sie fühlt sich einsam. Der Vater ist ein verschlossener Mann. Sie mag ihn trotzdem. Er tut ihr leid, weil er nicht laufen kann. Als sie größer ist, geht sie manchmal zu ihm und legt ihre Hand auf sein Knie, weil sie sieht, dass er Schmerzen hat. Er lässt die Hand liegen, aber er tut so, als bemerke er sie nicht. Wenn Lene ihre Tochter so neben ihrem Mann stehen sieht, dann ruft sie: »Komm da weg!«

Sie und ihr Mann haben nun einen Kolonialwarenladen und eine Gastwirtschaft, und Lene hat kaum Zeit für ihr Kind. Sie ist überall zugleich. Im Laden, in der Wäschekammer, im Keller, auf dem Hof. Allen, die sie unterwegs trifft, sagt sie, was sie tun sollen. Und alle gehorchen ihr. Sogar der Kutscher tut, was sie will, obwohl er doch eigentlich zum Vater gehört.

Von Anfang an ist klar: Der Kolonialwarenladen ist das Reich der Mutter. Der Vater ist für die Gastwirtschaft da. Etwas später bringt er es aber fertig, im Hof noch einen Kohlenhandel zu eröffnen.

Einmal hört Margot, dass ihr Vater dem Kutscher sagt, er solle ihn zur Kürassier-Kaserne fahren. Auf dem Gelände dort findet eine Parade statt, die er sich ansehen will.

»Mach dich nicht lächerlich«, sagt Lene, die zufällig an den beiden vorübergeht. »Du und eine Parade!«

Das Kind fürchtet sich manchmal vor der Mutter. Und es sieht, dass auch die anderen im Haus sie fürchten, wenn sie rot anläuft und schreit. Manchmal schüttet ihr dann die Frau, die sich um die Wäsche kümmert, Wasser ins Gesicht, damit sie sich beruhigt.

Die Mutter steht am liebsten im Laden und verkauft die Dinge, nach denen es dort riecht: eingelegte Gurken und

Salzheringe und Bonbons und Mettwurst und geräucherten Speck und alles an Lebensmitteln, was die Frauen aus der Nachbarschaft brauchen. Hin und wieder wirft sie eine Frau aus dem Laden, weil sie zu lange nicht bezahlt hat. Margot steht mit großen Augen stumm daneben.

»Von denen kommt nichts mehr«, hört sie die Mutter sagen, wenn der Vater nachfragt, weil sich die Ehemänner der Frauen bei ihm beschweren. Sie beobachtet, wie der Vater stumm bleibt. Er ahnt wohl, dass Lene recht hat. Aber sie sieht auch, wie der Vater der Frau eines Nachbarn zuwinkt, als sie den Laden betreten will.

Der Laden und die Gastwirtschaft haben einen gemeinsamen Eingang. Die Tür zur Gastwirtschaft steht immer offen. Der Vater kann schlecht gehen, aber er will trotzdem wissen, was vor sich geht. Er macht der Frau ein Zeichen, und sie geht zu ihm hinüber. Margot bemerkt, dass er ihr Geld gibt, bevor sie den Laden der Mutter betritt.

Mittags am Tisch sagt die Mutter: »Die Nachbarn haben endlich ihre Schulden bezahlt.«

Der Vater sagt: »Soso«, mehr nicht.

Margot mag ihn. Er weiß das, auch wenn sie sich nicht traut, es ihm zu sagen. Über solche Dinge wird nicht gesprochen. Kinder laufen so mit, sie werden nicht besonders beachtet. Das Kind Margot bekommt Geld, als es etwas größer ist. Auch als junges Mädchen wird Margot immer genug Geld haben. Sie wird es für sich und für ihre Freundinnen ausgeben.

Lene weiß, dass ihr Mann tüchtiger sein würde, wenn er sich besser bewegen könnte. Und er weiß das auch. Aber das Gehen fällt ihm sehr schwer. Deshalb ist er oft wütend. Sie kennt niemanden, der so jähzornig ist wie ihr Mann. Er zerschlägt dann seine Spazierstöcke. Er zerschlägt sie auf Tischen und Stühlen und an der Theke. Zweimal hat er sich schon auf dem Rücken des Kutschers augestobt. Es kostet sie ihre ganze Überredungskunst und einen Batzen Geld, den Mann wieder zu beruhigen.

Bei den Gästen ist ihr Ehemann trotzdem angesehen. Sein Lokal wird an den Markttagen ein beliebter Treffpunkt. Die Bauern kommen aus der Umgebung. So hören sie, was auf dem Land los ist. Und ihr Mann, obwohl er nicht laufen kann, bildet sich ein, er sei mittendrin.

Bei den Gesprächen der Männer geht es auch um Politik. Lene hört am Anfang kaum zu. Es ist ihr recht, dass in der Gastwirtschaft Betrieb ist, je mehr, desto besser. Oft reden sie über Pferde und über die Tricks der Zigeuner, ihre Gäule loszuwerden, obwohl die alt und klapprig sind. Aber sie können sich nicht immer über dieselben Sachen unterhalten. Also muss die Politik her.

Lene versteht das, aber sie interessiert sich nicht für Politik. Die Politik ist ihr auch dann noch herzlich gleichgültig, als 1920 in der Stadt Aufrufe auftauchen, die General von Knobelsdorff unterzeichnet hat.

HETZREDNER WERDEN AUF BEFEHL
DES WEHRKREISKOMMANDOS SOFORT
FESTGESETZT. ARBEITSWILLIGE WERDE
ICH SCHÜTZEN. DIE VERBREITUNG
VON FLUGBLÄTTERN OHNE MEINE
ERLAUBNIS IST VERBOTEN. VERTEILER
WERDE ICH FESTNEHMEN LASSEN.

In der Stadt ist jetzt viel von Waffengewalt die Rede. In Berlin versuchen die Kapp-Leute, die Regierung zu stürzen.

In der Gastwirtschaft sagen die Männer, für die schlechte Lage des Volkes sei der Schandvertrag von Versailles verantwortlich. Deshalb scheint es Lene nur folgerichtig zu sein, dass diese Leute versuchen, eine Regierung zu stürzen, die dafür verantwortlich ist.

Der von Knobelsdorff ist ihr bekannt. Sie sieht ihn oft an ihrem Haus vorbeimarschieren. Er trägt Uniform und hält eine Reitpeitsche in der Hand. Die Peitsche benutzt er, um vom Bürgersteig zu vertreiben, wer ihm entgegenkommt.

Dass es den Leuten schlechtgeht nach dem Krieg, spürt Lene an ihren Kunden. Sie hört die Leute von den Sozialdemokraten reden und dass die alles besser machen würden, wenn man sie nur ließe. Lene glaubt nicht an Heilsbringer, die selbst arme Schlucker sind. Außerdem gehören sie nicht zu den armen Schluckern. Sie haben ein Haus. Sie machen Geschäfte. Ihnen wird es bald bessergehen.

Man muss sich nur an dem Knobelsdorff ein Beispiel nehmen. Der gibt nicht auf, als der Aufstand der Kapp-Leute verlorengeht. Er hat viele Helfer in der Stadt. Und es kommen sogar welche von auswärts. Den Einzug der Baltikum-Truppe in die Stadt wird sie nie vergessen. Das sind Männer! Blond und verwegen. Zusammengesuchte Uniformen. Braungebrannt. Ihre Zähne blitzen beim Lachen. Rot-weiße Fahnen wehen über ihren Köpfen. Vorneweg marschiert die Regimentskapelle.

Als die Truppe in die Stadt kommt, stehen Lene und ihre Familie in der Ladentür und sehen sich das Spektakel an. Die Tochter hält den Rollstuhl, in dem der Vater sitzt. Sie ist nun bald zwölf und schon sehr anstellig. Später, wenn Lene an diese Szene zurückdenkt, weiß sie:

Wenn ihre Tochter damals geahnt hätte, wer da zur Musik einmarschiert, wäre sie bestimmt noch begeisterter gewesen.

Überhaupt wissen die drei zu dieser Zeit so manches nicht. Auch dass der Führer ein Jahr zuvor in ihrer Stadt gelegen hat, krank vor Trauer über die Verhältnisse in Deutschland nach dem verlorenen Krieg, krank durch eine Gasvergiftung, ahnen sie nicht. Obwohl diese Tatsache für die Stadt noch eine gewisse Bedeutung bekommen wird.

Vielleicht wird aber auch in der Gastwirtschaft darüber gesprochen. Es wird sehr viel geredet, aber Lene hört wenig zu. Sie hört, dass die Linksradikalen und die Judendemokraten nicht mehr das Sagen haben sollen, und findet das in Ordnung. In die Gastwirtschaft trauen die sich sowieso nicht.

Im Oktober 1923 treibt die Inflation die Bevölkerung zu Hungerunruhen. Gutsherren installieren Selbstschussanlagen, eine Mühle wird gestürmt, das Proviantamt der Reichswehr geplündert.

Ein paar Wochen lang fürchtet Lene, dass die Hungrigen auch ihren Laden überfallen, aber es bleibt ruhig. Kann sein, dass die Beliebtheit ihres Mannes die Menschen zurückhält.

Margot wächst zu einem hübschen Mädchen heran, eher zart, mit dunklen, lockigen Haaren und einem traurigen Ausdruck in den Augen, der ihr nicht bewusst ist. Sie hat keine besonderen Talente, aber wenn sie sich unbeobachtet fühlt, singt sie:

Am Weidenboom, am Weidenboom
da saßen sie allnächtig,
sie sannen hin, sie sannen her,
ob Liebe ein Verbrechen wär;
da liebten sie sich mächtig.

Am Weidenboom, am Weidenboom
hat sie ihr Kind begraben.
Sie zog sich ab ihr Krinolin,
verfluchte sich und es und ihn.
Am Weidenboom, am Weidenboom,
da fraßen ihr die Raben.

Am Weidenboom, am Weidenboom,
da fand er ihr Gerippe.
Er drückt den Knochen an sein Herz,
sonst hat er weiter keinen Schmerz –
Am Weidenboom, am Weidenboom,
ist die Moral zu lesen:

»O Mädchen, Mädchen, hüte dich,
sonst geht es dich wie es und mich –
Am Weidenboom, am Weidenboom –
Karline Vogt aus Tegel …«

Margot ist oft traurig. Wenn Pferdemarkt ist, stiehlt sie sich weg von zu Hause. Sie hört den Sängern am Marktrand zu, einmal auch einer Sängerin. Sie kommen auf bunten Wagen. Beim Fahren klappern die Töpfe, die an den Seiten hängen. Es sind auch Kinder dabei, viele Kinder. Sie sehen sich ähnlich, weil sie barfuß laufen und ihre Haare verfilzt sind. Die Kinder sollen in die Schule gehen, während die Wagen auf dem Platz stehen und die Männer eine Manege aufbauen. Aber in der Schule will niemand neben ihnen sitzen. Sie kommen nicht wieder, aber sie lassen Zettel da, auf denen ihre Vorstellung angekündigt wird.

Margot hat genug Geld, um ihre Freundinnen in den Zirkus einzuladen. Sie dürfen nicht hin, aber sie gehen doch. Margot und ihre Freundinnen lieben die traurigen Lieder der Zigeuner:

Ich kann nun nicht mehr stillesteh'n,
ich kann nur ruhlos reisen.
Kann nicht zwei Tage gleiches seh'n,
mögt ihr mich Stromer heißen.
Bin unbeschwert, hab kein Zuhaus.
Jetzt zieht mein Pferd, mein Lied ist aus.
Nur zu, nur zu, nur immerzu,
Zigeuner haben keine Ruh.

Margot weint jedes Mal, wenn sie die Zigeuner singen hört. So ein Gefühl: Es ist süß und schmerzhaft, und sie möchte gern mitgehen, wenn die Zigeuner die Stadt wieder verlassen. Dabei hat sie so ein schönes Zuhause.

Vor dem Fenster ihres Zimmers hängen weiße Gardinen. Auf ihrem Bett liegt eine weiße Decke, und auch das Bettgestell ist weiß. Sie hat einen Schrank für ihre Kleider und eine eigene Waschschüssel. Die steht auf der Kommode, in deren Schubladen ihre gebügelte Wäsche liegt.

Im Wohnzimmer der Eltern steht ein Klavier. Niemand spielt darauf. Es gehört zur Einrichtung. Margot hätte gern Klavier gespielt, aber Lene sagt ihr, sie sei nicht musikalisch. Aus Schüchternheit widerspricht sie nicht. Sie weiß ja, dass sie beim Vorsingen vor lauter Angst, etwas falsch zu machen, die Töne nicht trifft. Und trotzdem hört sie die Lieder der Zigeuner so gern.

Ins Haus dürfen die Zigeuner nicht. Der Vater trifft sich mit ihnen auf dem Pferdemarkt. Wenn er nach Hause kommt, lacht er, weil sie versucht haben, ihn reinzulegen. Die Zigeuner färben das Fell der Pferde, damit man nicht sieht, wie alt sie sind. Auch mit den Gebissen machen sie irgendetwas. Aber der Vater durchschaut sie immer. Der Vater ist ein Pferdekenner.

1925 bekommt Lene ein zweites Kind. Es ist ein Mädchen, bekommt Lenes Namen und stirbt bald nach der Geburt.

Die kleine Margot hätte gern eine Schwester gehabt. Man hat gesehen, dass ihr das kleine Ding gefiel. Als das Mädchen gestorben ist, wird in der Familie nicht mehr von ihm gesprochen. Es gibt Weiber, die Lene den Tod des Kindes heimlich zum Vorwurf machen. Sie habe nicht genug Zeit gehabt, sich um das Kind zu kümmern. Keine Zeit, um ein Kind zu säugen. Aber niemand traut sich, ihr ins Gesicht zu sagen:

»Du hast dein Kind vertrocknen lassen.«

Lene weiß, dass sie hinter ihrem Rücken so von ihr sprechen. Sie kann es in den Augen der Kleinen sehen, die nicht mehr so klein ist. Die sie in ihre Gespräche einbeziehen, wenn sie in der Küche herumstehen. Wie sie auseinanderfahren, wenn Lene die Küche betritt. Wie die Kleine sie anstarrt.

Aber sie will nicht noch eine Schwangerschaft. Sie hat keine Zeit dafür. Also schläft sie nicht mehr mit dem Krüppel. Das ist sowieso nie einfach gewesen. Seine Hüfte ist schlechter geworden mit der Zeit. Es fällt ihm schwerer, sich auf ihr zu bewegen. Ihr fällt es leicht, ihm nicht mehr zu Willen zu sein. Sie steht einfach auf und geht weg. Sie kann weglaufen. Er kommt nur mit Mühe die Treppe zum Schlafzimmer hinauf. Hinter ihr herzulaufen ist ihm nicht möglich.

Zuerst wird er wütend, als er begreift, dass sie nicht mehr will. Dann beruhigt er sich. Und Lene, dumme Gans, ist zufrieden. Sie glaubt, dass er genug damit beschäftigt wäre, sich die Geschichten von arbeitslosen Soldaten anzuhören, die an seiner Theke herumlümmeln. In ihren Gesprächen geht es entweder um den Krieg, den sie hinter sich haben, oder um den, der als nächster kommen soll. Wenn sie ihre Arme und Beine noch dran haben, dann gehen einige von ihnen vor lauter Langeweile in die Turnvereine. Was für Paraden, wenn die Turner durch die Stadt marschieren, an ihrem Haus vorbei, am Pulverturm vorüber. Und wie sie zu den Frauen herübergrüßen. Weiß- oder schwarzgekleidet die Männer, in eng anliegenden Hemden und kurzen Hosen, Fahnenträger voran.

Ihr Mann kommt bei solchen Gelegenheiten selten mit

nach draußen. Er steht hinter den Fensterscheiben der Gastwirtschaft. Er hält sich am Fensterbrett fest und bleibt da stehen, bis die Parade vorüber ist. Die Dienstmädchen, die Köchin und Lene, sie stehen im Eingang des Hauses und freuen sich über die schönen Männer. So machen sie es auch bei allen anderen Umzügen.

Manchmal beobachtet Lene, wenn ein Umzug vorüber ist, wie ihr Mann sich mühsam in den Rollstuhl rutschen lässt. Er tut ihr leid, aber sie hat zu wenig Zeit, um ihn zu trösten. Im Laden wartet die Kundschaft, in der Küche die Köchin, und im Hof steht der Kutscher und wartet auf Anweisungen. Sie schickt eines der Dienstmädchen zu ihrem Mann, das ihn an seinen Stammplatz zurückschiebt und ihm ein Bier bringt oder etwas zu essen, wenn er danach verlangt. Irgendwann wird er begonnen haben, auch nach anderen Dingen zu verlangen. Dienstmädchen laufen nicht weg. Er gibt ihnen Geld. Die Zeiten sind schlecht.

Als Lene begreift, was sich abspielt, denkt sie zuerst, sie sollte erleichtert sein. Sie versucht es auch, obwohl es ihr nicht leichtfällt. Dann bemerkt sie, dass Kleidungsstücke verschwinden. Sie sucht ihre seidenen Strümpfe und findet sie nicht. Sie hat feine Wäsche, die plötzlich nicht mehr in der Schublade liegt. Sie beschuldigt die Mädchen, sie zu bestehlen. Die versichern hoch und heilig ihre Unschuld. Sie glaubt ihnen, denn Arbeitsstellen gibt es nicht wie Sand am Meer, und sie wissen, dass sie hinausgeworfen würden, wenn sie stehlen. Es ist eine eigenartige Stimmung im Haus. Lene und die angestellten Frauen belauern einander. Nur der Mann in seinem Rollstuhl ist ruhig. Er lacht auch öfter als sonst.

Und dann ist plötzlich alles klar, weil eines der Dienstmädchen so dumm ist, die Strümpfe, die er ihr für seine Liebesdienste geschenkt hat, bei der Arbeit anzuziehen.

Neben dem Schlafzimmer gibt es eine Räucherkammer. Das Mädchen und Lene, sie sind damit beschäftigt, die Leinenhüllen von den Schinken abzunehmen. Die dumme Pute steht vor ihr auf der Leiter und hält ihr ihre Waden ins Gesicht. Sie erkennt doch ihre Strümpfe! Natürlich leugnet das Ding, und dann, als es nicht mehr anders kann, gibt es die Wahrheit zu.

Nein, es gibt die Wahrheit nicht zu, sondern schreit sie ihr frech ins Gesicht!

»Glauben Sie, es macht mir Spaß? Aber eine muss sich ja um den armen Mann kümmern, wenn Sie es nicht tun. Seien Sie doch froh. Und was die Strümpfe angeht: Ich bin nicht die Einzige, das können Sie mir glauben.«

Lene wirft sie raus, sofort. Sie schlägt mit dem Ende einer Wurst auf sie ein. Sie rennt hinter ihr her, bis sie draußen ist. Es ist ihr egal, dass die junge Frau ihre Habseligkeiten nicht mitnehmen kann. Sie schreit so laut, dass das ganze Haus zusammenläuft und die Wäschefrau einmal mehr zum Wassereimer greifen muss.

Ihr Mann bleibt ruhig, natürlich. Er bleibt in der Gaststube sitzen und tut so, als ginge ihn die ganze Geschichte nichts an. Das ist eine Sache zwischen seiner Frau und den Mädchen. Aber nun ist sie gewarnt. Sie passt jetzt auf. Sie wird sich doch nicht von irgendwelchen jungen Dingern … Sie ist vierzig und ihr Mann ist ein Krüppel und sie eine Frau mit Bedürfnissen. Irgendwann hat sie dann einen Liebhaber.

Sie isst gern. Sie wird sehr dick. Ihre Kleider hängen an ihr wie formlose Säcke. Sie hat keine Taille mehr. Ihre Beine schwellen oft an, und die Füße passen nicht mehr in die Schuhe. Aber die Stoffe ihrer Kleider sind kostbar. Ihre Schuhe kauft sie in Hamburg. Ihre Handtaschen kann sie sortieren nach solchen für nachmittags und anderen für den Abend. Wann sie sie tragen soll, wüsste sie nicht zu sagen. Etwa zu Besuchen bei den Verwandten in Uhlenkrug? Wohl eher nicht. Sie ist ja auch immer beschäftigt.

Sie trägt das Kleid aus brauner Spitze, als der junge Mann zu ihnen kommt und um die Hand ihrer Tochter anhält. Er ist einer von den Freikorpsmännern, die aus dem Baltikum gekommen sind. Er trägt noch keine Uniform, wie später, aber er tritt so auf, dass sie sich eine Uniform an ihm gut vorstellen können. Margot ist fünfzehn, und das weiß er. Er kommt und sagt ihnen, dass sie ihm gefalle. Er wolle warten, bis sie volljährig sei. Dann würden sie sich verloben.

»Geben Sie so lange auf sie acht«, sagt er.

Lene und ihr Mann nehmen an, er meint, sie sollten andere Verehrer von ihr fernhalten. Aber das ist gar nicht nötig. Margot hat nur noch Augen für ihn.

Man schreibt das Jahr 1925. Margot und der Mann aus dem Baltikum werden sich 1930 verloben. Und erst im Jahr 1936 werden sie heiraten. Die lange Wartezeit nutzen beide auf ihre Weise.

Für Margot kommt nun die schönste Zeit in ihrem Leben. Sie vermisst es nicht mehr, dass ihre Mutter keine Zeit für sie hat. Sie weiß jetzt, dass da einer ist, der geduldig auf sie wartet.

Niemand, außer Vater und Mutter natürlich, hat eine Ahnung davon, dass sie vergeben ist. Ein Geheimnis, aber ein Geheimnis, das sie wunderbar stark macht. Sie ist ganz still. Sie war immer ein stiller Mensch, aber nun beginnt sie zu lächeln. Sie geht auf Menschen zu, und sie stellt fest, dass die Menschen sie mögen. Nicht nur ihr heimlicher Verlobter; so nennt sie ihn bei sich.

Ihre Eltern sprechen nie mit ihr über die Abmachung. Aber sie sorgen dafür, dass sie nach der Schule eine Ausbildung erhält. Eine Ausbildung zur Hausfrau. Sie geht nach Prenzlau, einer kleinen Stadt in der Nähe von Pasewalk, und besucht dort die Hauswirtschaftsschule. Die Frau, die zu Hause die Wäsche besorgt, bringt ihr bei, wie Kopfkissen und Bettbezüge und Laken und Handtücher und Servietten bestickt werden müssen. In ihrer freien Zeit arbeitet sie an ihrer Aussteuer. Das alles kommt ihr vor wie ein schöner Traum. Aber es ist kein Traum.

Im Mai geht sie mit ihren Freundinnen über die Uecker-Wiesen. Zuerst laufen sie die Marktstraße entlang und über den Markt. Die Linden dufteten. Am Prenzlauer Tor duftet der Flieder. Auf den Wiesen blühen Schlüsselblumen. Arme voll von Schlüsselblumen bringen sie nach Hause. Ihr Vater lacht, wenn er sie so zurückkommen sieht. Ihre Mutter regt sich auf und sagt: »Wirf das Zeug weg, es macht nur Dreck.«

Aber ihr Vater lacht und sagt: »Lass sie in Ruhe.«

Sie geht in ihr Zimmer und verteilt die Blumen. Einen Strauß hebt sie auf und stellt ihn vor dem Essen auf den Tisch, neben den Platz des Vaters.

Die Mutter nimmt ihn weg. »Er stößt das doch nur um.«

Aber ihr Vater zwinkert ihr zu, und sie ist glücklich. Sie ahnt, dass er weiß, für wen sie die Schlüsselblumen gepflückt hat.

Das Geld, das Margot bekommt, gibt sie nun für schöne Kleider aus. Sie nimmt ihre Freundinnen mit zu Loewe und Wolff in der Ueckerstraße. Wenn sie kommen, freut sich Herr Loewe. Er freut sich, weil Margot die Sachen immer in dreifacher Ausfertigung kauft. Sie hat jüdische Freundinnen, die Herr Loewe besonders freundlich begrüßt. Später sind sie dann weg. Sie nehmen immer die neueste Mode. Margot hat lange Zöpfe, die zu Schnecken über den Ohren aufgerollt werden. Bunte Ripsbänder halten die Frisur zusammen. Aber am Strand in Ueckermünde lässt sie die Zöpfe herunterhängen. Da trägt sie einen Sonnenschirm, der mit bunter Seide bespannt ist und ein weißes Trägerkleid, das Spitzen am Saum hat.

Manchmal, wenn sie am Fenster ihres Zimmers steht und auf die Straße sieht, geht unten der Mann vorüber, der sie heiraten wird. Er hat in ihrer Straße einen Laden gemietet und sich selbständig gemacht. »Installationsbüro« steht über der Tür.

Sie klopft nicht ans Fenster. Aber sie freut sich, ihn zu

sehen. Sie haben ein Geheimnis. Jede Woche kommt er in die Gastwirtschaft ihres Vaters, um sich nach ihr zu erkundigen.

»Sie lassen sie tanzen gehen?«

Margot und ihre Freundinnen tanzen im Offizierskasino. Mit ihren dünnen Schuhen gehen sie auf dem Kopfsteinpflaster der Ringstraße an der Stadtmauer entlang bis zum Kürassierpark. Die Herren warten schon auf sie. Einige sind besonders schneidig. Sie kommen aus dem Kommandeurshaus, das gleich nebenan liegt. Dort wohnt der von Knobelsdorff, ein strenger Offizier. Es dauert eine Weile, bis die jungen Männer, die aus seinem Haus kommen, so ungezwungen lachen wie alle anderen.

Später, da sind sie schon verlobt, ist auch ihr Mann – sie sagt jetzt schon heimlich mein Mann, obwohl sie noch gar nicht verheiratet sind – oft im Kommandeurshaus. Da trägt er schon Uniform. Margot denkt, es sei nicht richtig, wenn man sagt, die Uniform stünde ihm gut. Ein solcher Ausdruck sei einfach nicht richtig. Es ist eher so, als habe sein Körper auf die Uniform gewartet, weil sie die einzig richtige Bekleidung für ihn ist.

Manchmal, sehr viel später, da ist schon Krieg, erinnert sie seine Uniform daran, dass er gefährdet sein könnte. Er lacht ihre Ängste einfach weg. Er ist schön, wenn er lacht. Und es stimmt schon, wenn ihre Mutter sagt:

»Die zivile Kleidung steht ihm längst nicht so gut.«

Bald legt er die zivile Kleidung ganz ab. Sein Installationsbüro gibt es nicht mehr. Die Zeiten sind zu schlecht, um sich mit Erfolg selbständig zu machen.

Wenn Margot Zeitung lesen würde, könnte sie lesen:

PASEWALK WÄHLT DEUTSCHNATIONAL

Im Mai 1924 wird die Bevölkerung erneut zur Wahl des Reichstags aufgefordert. In Pasewalk wird der Wahlkampf durch den »Deutschvölkischen Wahlverband« eröffnet, womit die Hitler-Anhänger das Verbot der NSDAP umgehen. Seit 1923 besteht in der Stadt eine Ortsgruppe der NSDAP, die kaum mehr als fünfzehn Mitglieder umfasst. In den Einladungen zu ihren Veranstaltungen brüskiert sie die jüdische Bevölkerung mit dem unmissverständlichen Satz: JUDEN HABEN KEINEN ZUTRITT.

Antisemitische Äußerungen prägen nicht nur den Wahlkampf der Rechtsextremen. Auch die Ortsgruppe der DNVP als anhängerstärkste politische Partei bedient sich judenfeindlicher Parolen … Erneuerung des Kaisertums, Kampf dem Marxismus, Zurückdrängung von jüdischem Einfluss in Wirtschaft und Politik und der Schutz des Privateigentums … entsprechen der politischen Einstellung fast der Hälfte der Pasewalker Wähler.

Margot dagegen kommt ihr Leben noch immer vor wie ein Traum.

Natürlich: Es herrscht noch Inflation. Viele Menschen haben nichts zu essen. Es gibt zu wenige Wohnungen. Aus dem Osten kommen Leute, die man in Massenquartieren unterbringen muss. Aber diese Zeit geht schnell vorüber. Margot merkt nicht viel davon. Und außerdem gibt es viel Ablenkung. Alle wollen plötzlich ins Kino. Sie und ihre Freundinnen gehen hin, wann immer sie Zeit haben. Wenn sie den Kinosaal betreten, fühlen sie sich einfach in einer anderen Welt.

Die Wände in tiefem Violett, gelbseidene Lampenschirme, gedämpftes Licht, so ist es im Kino »Biograph«. Aber sie gehen auch ins »Pasewalker Lichtspielhaus«. Sie sitzen ganz vorn. Es ist warm und dunkel, und oft schläft Margot ein, gleich nachdem der Hauptfilm begonnen hat. Dann müssen ihr die anderen später die Geschichte zu Ende erzählen. Sie lachen sehr viel.

Und es gibt andere aufregende Dinge. Die ganze Stadt weiß, dass Margots Vater ein Pferdenarr ist. Oft hört sie, wie ihre Mutter versucht, ihm die Besuche auf den Pferdemärkten zu verbieten. Er gibt nach, weil er schon längst eine Verabredung mit dem Kutscher getroffen hat. Irgendwann verlassen sie dann den Hof. Ihr Vater in der Kutsche mit einer Decke über den Knien. Der Kutscher sitzt auf dem Bock und lenkt das Pferd ruhig und ohne viel Lärm zu machen. Manchmal sieht sie ihre Mutter oben hinter dem Fenster stehen, wenn sie ausfahren. Sie sieht aus, als ob sie weint. In den Händen zerknüllt sie ihr Taschentuch.

Wenn Margot Zeit hat, läuft sie der Kutsche heimlich hinterher, aber nur dann, wenn der Pferdemarkt in der Stadt abgehalten wird. Haußmannstraße/Ecke Mühlenstraße ist so ein Platz, den sie gut zu Fuß erreichen kann. Ihr Vater lacht, wenn er sie entdeckt.

Eigentlich fürchtet sie sich vor den Pferden, aber nicht, wenn er bei ihr ist. Er kennt sie alle. Ausgediente Regimentspferde, Ackergäule, Kutschpferde, Reitpferde; manche darunter, deren Flanken sie ansehen können, dass sie zu oft die Sporen bekommen haben. Sie versteht, dass ihr Vater so gern auf die Märkte geht, weil er dort mit seinem Wissen über Pferde glänzen kann. Manchmal holt ihn einer seiner Kunden oder seiner Freunde bei einem Kauf dazu.

»Was sagst du, taugt der Gaul was?«

Und er besieht das Gebiss und prüft die Fesseln und die Hufe. Aber manchmal kann er auch nicht widerstehen und kauft selbst. Dann bindet der Kutscher das Pferd, das, wie ihre Mutter sagen wird, niemand braucht, hinten an der Kutsche fest. Bei solchen Gelegenheiten darf sie auf dem Rückweg mitfahren. Gemeinsam warten sie darauf, dass die Mutter aus der Tür geschossen kommt und anfängt zu schreien.

Abends in der Gastwirtschaft überlegt der Vater dann zusammen mit seinen Freunden, wem er das neue Pferd verkaufen könnte, ohne allzu viel Verlust dabei zu machen. Manchmal, nicht oft, sitzt auch der Mann dabei, mit dem Margot sich verloben wird. Er versteht nichts von Pferden, aber er versteht viel von Politik. Sie hören ihm zu, wenn er vom Führer spricht und dass bald aufgeräumt werden würde. Er sagt auch, dass es eine Schande sei, dass die Stadt, die den Führer im Lazarett gehabt habe, diese Tatsache nicht genügend zu würdigen wisse. Der Einfluss der Judendemokraten sei zu groß.

Margot bleibt nie lange in der Gastwirtschaft. Sie hört eine Weile zu und wird müde. Wenn sie geht, begleitet ihr Liebster sie, der doch eigentlich noch gar nicht ihr Liebster ist, ein paar Schritte. Hinter der Gaststube liegt das

Wohnzimmer. Meist verabschiedet er sich, während sie am Klavier stehen. Er verbeugt sich ein wenig. Das gefällt ihr. Einmal fragt sie ihn, woher er alle diese Dinge wisse, über die Zukunft und wie es weitergehen wird mit Deutschland. Er lacht nur. Aber dann wird er ernst.

»Es gibt Treffen, sagt er, bei denen wir uns über die Lage verständigen.«

»Wer ist wir?«, fragt Margot.

Sie weiß gar nicht, weshalb sie fragt. Vielleicht will sie nur, dass er noch einen Augenblick neben ihr stehenbleibt. In Wirklichkeit interessiert sie seine Antwort nicht. Aber sie behält sie trotzdem.

»Wir, das sind die Garanten für ein neues Deutschland. Unsere Stunde wird kommen. Dann Gnade all denen, die sich uns in den Weg gestellt haben. Noch treffen wir uns im Keller der Villa, aber bald wird uns jeder Raum zur Verfügung stehen, den wir haben wollen.«

Margot weiß, dass ihr Liebster Kameraden hat, die denken wie er. Dass sie mit von Knobelsdorff in seinem Haus zusammenkommen, wusste sie nicht. Sie sieht manchmal die Gräfin, seine Frau, wenn sie durch den Kürassierpark geht und die Huldigungen der Reiter entgegennimmt. Sie bewegt sich schwerfällig, so, als funktionierten ihre Beine nicht mehr richtig. Die jungen Mädchen nimmt sie gar nicht wahr. Sie kichern hinter ihrem Rücken. Aber nur leise. An den Treffen im Keller ihres Hauses nimmt sie sicher nicht teil. Sie gehört einer anderen Welt an. Sie ist eine Dame.

»Eines Tages wirst du auch eine Dame sein«, sagt ihr Liebster

Er fasst mit Daumen und Zeigefinger ihre Nase und ruckelt ganz leicht daran. Das tut er manchmal, und sie mag es, auch wenn es ihr dann so vorkommt, als nehme er sie nicht ernst.

Als die Zeitungen vom Blutsonntag, vom

PASEWALKER BLUTSONNTAG

schreiben, haben weder Margot noch ihre Mutter Lene eine Ahnung, was damit gemeint ist. Lene glaubt später, dass sie davon überhaupt nichts gemerkt hätte, wenn ihr zukünftiger Schwiegersohn nicht dauernd davon gesprochen hätte. Vielleicht sind mehr Männer als sonst in der Gastwirtschaft. Es wird geredet und geschimpft, nicht anders als sonst, höchstens lauter. Wieder einmal so eine politische Auseinandersetzung, wird sie gedacht haben.

Es geht den Leuten schlecht, dann wieder besser, dann wieder schlecht, und die Linken und die Rechten schlagen sich auf den Straßen die Köpfe ein. Na und? Das interessiert sie nicht. Sie hat genug damit zu tun, den Kolonialwarenladen in Schwung zu bringen, ein Auge auf die Dienstmädchen zu haben, ihren Mann von seinen verrückten Pferdegeschichten abzuhalten …

Manchmal glaubt Lene, wenn sie in einer ruhigen Minute zur Besinnung kommt, sie hätte in eine Familie von Verrückten eingeheiratet. Der Vater ihres Mannes zieht aus Uhlenkrug zu ihnen in die Stadt. Sie weiß nicht genau, weshalb. Wahrscheinlich sind seine übrigen dreizehn Kinder im Gefängnis, oder sie sind auf Wanderschaft gegangen, damit sie nicht für den Alten sorgen müssen.

»Dein Vater zieht mir nicht ins Haus«, sagt sie zu ihrem Mann.

Aber dass er sich gegenüber in der Straße ein Zimmer nimmt, kann sie nicht verhindern. So haben sie ausreichend Gelegenheit, seine Verrücktheiten zu beobachten. Er färbt seinen weißen Bart mit schwarzer Schuhcreme, zeigt sich damit überall und behauptet, er sei über Nacht fünfzig Jahre jünger geworden. Er fasst Frauen an und schlägt auf jeden Hund ein, der ihm begegnet. Er erklärt, alle Hunde in der Stadt würden ihn fürchten. Er behauptet auch, ein Hund sei zwischen seinen Beinen hindurchgerast und er sei ein Stück auf dem Hund durch die Straßen geritten. Die ganze Stadt lacht über ihn. Er sagt, er sei gekommen, weil er auf dem Land nichts mehr zu essen gehabt habe. In Wirklichkeit, denkt Lene, will er uns lächerlich machen. Er kann sie nicht ausstehen. Seinen Sohn, der einzige, aus dem etwas geworden ist, nennt er Hinkebein und Schlappschwanz. Wenn der Alte bei ihnen auftaucht, muss sie ihn jedes Mal hinauswerfen.

Eines Tages erzählen die Nachbarn, er sei gestorben. Sie glaubt es erst, als man ihr seine Leiche zeigt. Es hätte doch sein können, dass er sich wieder einen Witz mit ihnen erlaubt.

Pasewalker Blutsonntag

Im Frühjahr 1927 gibt es einen Aufmarsch in der Stadt. Aus Berlin kommt die SA. Und in Pasewalk gibt es auch welche von denen. Mit der Pasewalker SA-Truppe sollte man sich lieber nicht anlegen. Die Leute nennen sie »De Knokenbrekers«, was ja wohl deutlich genug ist. Auch

Lenes zukünftiger Schwiegersohn trägt manchmal die braune Uniform.

Das Wort Blutsonntag wird in Berlin erfunden. Es gibt eine größere Schlägerei. Die Berliner Zeitungen schreiben über das Ereignis, vielleicht weil die SA-Truppe von Horst Wessel angeführt worden ist. Der kommt aus Berlin und ist ein bekannter Student; jedenfalls bei Leuten, die sich für Politik interessieren.

Das ist bei Lene nicht der Fall. Sie kriegt nur am Rande mit, was los ist.

Es soll gerade Schlachttag sein. Sie verkaufen das Zeug doch: die Würste, den Schinken. Sie schlachten ja nicht nur für den Eigengebrauch. Die Sau muss separiert werden, Tage vorher. Der Schlachter musst gefragt werden, rechtzeitig. Der kommt nicht von heute auf morgen. Den Männern, die die Sau halten sollen, muss Bescheid gesagt werden. Am besten ist es, wenn sie Frauen haben, die beim Wurstmachen helfen können. Nicht jede ist dafür geeignet. Bei der Auswahl muss Lene vorsichtig sein. Manche sind so raffgierig, dass sie unter ihrer Schürze Lederbeutel befestigen, in die sie eine Portion Blut abzweigen und mit nach Hause schleppen. Sie merkt es nicht gleich. Sie versteht nur nicht, weshalb diese Sau so viel weniger Blut hat als die letzte.

Der Bottich, in dem die Wurst gerührt werden soll, muss gründlich geschrubbt werden. Jede Menge kochendes Wasser wird gebraucht, um die Schwarte zu reinigen. Schweine bleiben Schweine, auch wenn sie irgendwann in die Wurst geraten. Grütze, Gewürze, Zwiebeln, Salz müssen da sein. Der Räucherofen muss in Gang gesetzt werden. Es muss festgelegt werden, wer was mit nach

Hause nehmen darf. Sie muss darauf achten, dass alles so gemacht wird, wie besprochen. Natürlich sind die Zeiten schlecht. Und überall Kinder in den Familien.

»Mutter geht heute zum Schlachttag und bringt euch etwas Schönes mit.«

Jawohl. Aber nicht von Lenes Schwein. Niemand arbeitet umsonst für sie. Aber was recht ist, soll auch recht bleiben. Und dazu der Krüppel von Mann, der Schwierigkeiten hat, die Treppe heraufzukommen. Deshalb bleibt er lieber gleich unten sitzen und trinkt. Er trinkt selten, das kann sie nicht anders sagen. Aber an Schlachttagen ist er betrunken. Männer, die nicht laufen können, pissen in die Hosen, wenn sie betrunken sind.

Das sind Lenes Blutsonntage. Für anderes hat sie keine Zeit.

Und dass man die beiden Verletzten zu ihnen ins Hinterzimmer trägt, geschieht nur deshalb, weil die Prügelei ganz in ihrer Nähe passiert ist. Der Schwiegersohn – er ist noch nicht ihr Schwiegersohn, aber er wird es werden – ist dabei. Er ist ein anständiger Mensch. Man kann doch sehen, wie gut er mit ihrer Tochter umgeht. Seine Organisation wird zwei Monate später verboten. Aber als die Nationalsozialisten sechs Jahre später an die Macht kommen, will es niemand gewesen sein.

Margot freut sich, wenn an den Markttagen die Gastwirtschaft ihres Vaters besonders gut besucht ist. Die

Leute kommen und erzählen, was sie gesehen und gehört haben. Es gibt ja nicht nur Pferdemärkte, auch Viehmärkte, Gemüsemärkte, so dass ihre Mutter manchmal überlegt, ob auch sie sich dort mit einem Stand hinstellen soll.

»Du bleibst hier, sagt ihr Vater dann. Verdienst du nicht genug Geld? Du gehst nicht auf den Markt. Das haben wir nicht nötig.«

Sie gibt sofort nach. Im Grunde ist sie einverstanden mit dem, was er sagt. Sie hat es nicht nötig, sich auf den Markt zu stellen.

Margots Vater fragt am meisten nach dem, was es von den Pferdemärkten zu erzählen gibt.

»Redet ihm nicht die Ohren voll, sagt ihre Mutter zu den Gästen. Ihr wisst, er ist verrückt nach den Gäulen.«

Die Männer lachen und sprechen eine Weile leiser. Lene ist eigentlich froh, dass sie da sind. Solange sie ihren Mann unterhalten, lässt er sich nicht ausfahren. Misstrauisch wird sie erst, wenn die Männer bei ihrem Anblick verstummen. Sie hat es schon lange aufgegeben zu fragen: »Was ist los? Was soll die Heimlichtuerei?« Aber sie hat ihre Spione.

Manchmal steht Margot hinter dem Tresen und zapft das Bier für die Gäste ihres Vaters. Selten, weil ihre Mutter findet, ein Mädchen aus gutem Hause habe hinter dem Tresen nichts zu suchen. Einmal kommt sie herein, rot im Gesicht. Margot glaubt, sie wolle sie hinter dem Tresen hervorholen. Aber ihre Tochter interessiert sie nicht. Sie baut sich vor den Männern auf, die um den Vater herumstehen, stemmt die Arme auf die Hüften und sagt: »Komm mir nicht mit diesem Pferd nach Hause.«

Ihre Worte klingen drohend, und sie geht weg, ohne ein weiteres Wort zu verlieren. Jetzt weiß Margot, worum es geht. Die Männer haben davon gesprochen. Sie sprechen seit Tagen von nichts anderem. Auf dem Markt wird ein Apfelschimmel angeboten, der an Schönheit alles übertreffen soll, was man je gesehen hat. Ihr Vater ist bisher nicht hingefahren, um sich das Tier anzusehen. Vielleicht fürchtet er, schwach zu werden. Aber was muss ein Mann tun, wenn sich seine Frau im Angesicht seiner Freunde vor ihm aufbaut und schreit: »Komm mir nicht mit diesem Pferd nach Hause«?

Da genügt es nicht mehr, sich das Pferd beschreiben zu lassen. Da muss man es schon selbst ansehen.

Das Pferd ist wirklich schön. Es hat aber einen Nachteil, über den inzwischen die ganze Stadt Bescheid weiß: Es ist ein Zirkuspferd. Es kann tänzeln und niederknien und sich steil auf die Hinterbeine stellen. Es duldet das Zaumzeug im Maul, weil es daran gewöhnt ist, auf seinem Rücken eine Tänzerin zu tragen, die mit einer Hand den Zügel hält, während sie in die Luft springt, Kopfstand macht und Purzelbäume schlägt. Der Apfelschimmel kann im Kreis herumlaufen, auf Kommando wenden und bis zehn zählen. Das macht er mit dem rechten Vorderbein im Sand. Wenn die Leute dann klatschen, verneigt er sich. Und er findet, dass er lange genug auf zugigen Märkten herumgestanden hat. Er will in einen Stall, gut versorgt werden und seine Ruhe haben. Deshalb benimmt er sich lammfromm, und Margots Vater kauft ihn. Sie binden ihn hinten an die Kutsche. So kommt der Vater vom Markt zurück, begleitet von einer Bande johlender Jungen. Sie schreien:

»He hett em köfft!«

Man hört ihre Stimmen schon von weitem.

»Ich hab ihn günstig gekauft«, sagt der Vater.

Seine Augen funkeln, ob vor Stolz über den günstigen Kauf oder weil er Lene eins ausgewischt hat, ist schwer zu entscheiden.

Weihnachten 1930 verloben sich Margot und ihr Liebster. Sie ist schon vor Monaten volljährig geworden. Nur sind die Zeiten schwierig. Die Folgen der Wirtschaftskrise von 1929 sind noch nicht überwunden. Ihr Liebster ist viel unterwegs. In ihrem Verlobungsjahr tritt er in die SS ein. Sie hat manchmal Angst um ihn. Aber er kommt immer wieder zurück von seinen Einsätzen. Es ist Lene, die darauf dringt, dass sie sich verloben und die Verlobung öffentlich bekannt geben.

»Wie viele Monogramme willst du noch sticken, bevor die Angelegenheit Hand und Fuß bekommt?«

Margot ist ihre Rede peinlich. Ihr Verlobter aber gibt Lene recht. Es wird im kleinen Kreis gefeiert, nur eine Freundin und ihr Mann sind dabei. Die haben gerade geheiratet, ganz einfach, wegen der schwierigen Zeiten.

»Du wirst eine große Hochzeit haben«, sagt Margots Verlobter.

Sie glaubt ihm und freut sich darauf.

Die Zeiten ändern sich, so, wie Margots Verlobter es vorausgesagt hat. Das Land bekommt eine neue Regierung. Gesindel kann nicht mehr machen, was es will.

Die Stapostelle Stettin, Bericht für August 1935

In Pasewalk war ein Nationalsozialist, ein bewährter alter Parteigenosse, wie der Regierungspräsident in seinem Bericht hervorhob, von einem entlassenen Arbeiter denunziert worden. Der Arbeiter wurde darauf mit einem Schandplakat um den Hals durch die Stadt herumgeführt, beschimpft und misshandelt, bis er in Schutzhaft genommen wurde.

Ebenfalls 1935 werden in Pasewalk die Namen der elf jüdischen Familien öffentlich bekannt gemacht, die noch in der Stadt leben. Die verschwinden dann nach und nach, aber die meisten sind schon vorher gegangen. Manche denken eben, dass sie in den großen Städten sicherer sind. Lene und Margot nehmen an, sie sprechen nicht darüber, dass die Juden, die sie gekannt haben, zu Verwandten gezogen sind. Man weiß ja, dass die überall Verwandte haben.

Pasewalk ist eine kleine Stadt, aber sie hat ihre Besonderheiten. Lene kennt niemanden, der gegen die neue Regierung ist. Das kann sie auch an den Wahlergebnissen ablesen. Es gibt ein neues Wort – es gibt viele neue Wörter, aber dieses gefällt ihr besonders gut –, das Wort heißt Volksgemeinschaft.

Trotzdem treibt der Knobelsdorff weiter die Kinder mit der Reitpeitsche vom Bürgersteig, wenn er durch die Stadt geht. Der macht sich mit niemandem gemein. Aber er ist ein alter Mann, der seine Verdienste hat. Ohne ihn, sagt Lenes Schwiegersohn, hätte die Bewegung in den zwanziger Jahren mehr Verluste erlitten.

Was bedeutet es denn, wenn jemand seinen Vorgesetzten denunziert? Doch sicher, dass dieser Jemand noch nicht begriffen hat, woher der Wind weht. Keine aufmüpfigen Dienstmädchen mehr. Jetzt wagen sie nicht mehr, sich Dinge zu nehmen, die ihnen nicht gehören.

Margots Mutter fährt nie mit nach Uhlenkrug. Es gefällt ihr nicht auf dem Hof der Verwandten. Margot freut sich, wenn ihr Vater sie mitnimmt, auch wenn die Mutter dagegen ist.

»Lass die Bälger deiner Brüder nur nicht unsere Tochter anfassen«, sagt sie, wenn die beiden losfahren.

Sie lachen, Margot und ihr Vater, wenn sie vom Hof sind.

Die Kinder in Uhlenkrug laufen barfuß. Was sie am Leib tragen, kann man nur als Lumpen bezeichnen. Margot nimmt nie abgelegte Kleider dorthin mit. Außerdem gibt es sowieso nur Jungen.

Der Tag, als der Vater das Zirkuspferd anspannen lässt, ist sonnig und kühl. Fast schon Frühling. Margot hat eine Decke über den Knien. Ihr Vater lenkt den Wagen. Es gibt unterwegs keine Schwierigkeiten. Als sie ankommen, läuft das Dorf zusammen. Sie trinken Kaffee in einer

Küche, in der es sehr viele Fliegen gibt. Sie stören den Vater nicht. Er sagt:

»Stell dich nicht so an.«

Margot gibt sich Mühe, aber sie ekelt sich vor den Fliegen. Sie sind überall.

Sie weiß, dass ihr Vater in sein Dorf gefahren ist, um sich mit dem Pferd zu zeigen. Als alle das Pferd genügend bewundert haben, fahren sie wieder nach Hause.

Das Pferd zieht die Kutsche aus dem Dorf, als hätte es den Zweck des Ausflugs geahnt. Es bleibt erst stehen, als das Dorf nicht mehr zu sehen ist. Es bleibt stehen und ist durch kein Zureden zum Weitergehen zu bewegen. Schließlich benutzt der Vater die Peitsche. Er tut das nicht gern. Margot weiß das. Dem Pferd ist die Peitsche so gleichgültig wie vorher das Zureden. Manchmal zuckt sein Fell in einer Welle vom Hals bis zum Hinterteil. Das ist die einzige Bewegung, die sie an ihm feststellen können.

Beim Aufsteigen auf den Kutschbock hatte der Kutscher dem Vater geholfen. Auch im Dorf hatte er Hilfe gehabt. Und wenn sie zu Hause ankämen, würde ihm wieder geholfen werden.

Margot sieht, dass ihr Vater vom Sitz klettert. Es fällt ihm schwer, aber sie darf ihm nicht helfen. Er hinkt in den Wald. Er kommt zurück und schiebt ihr einen dicken Knüppel hin, bevor er mühsam seinen Sitz wieder erreicht. Er dreht sich zu Margot um und streckt seine Hand nach dem Holz aus. Seine Augen sind so schwarz, wie sie sie noch nie gesehen hat.

»Halt dich fest«, sagt er.

Seine Stimme ist heiser und leise. Er nimmt die Zügel in die linke Hand. Er setzt sich nicht. Er bleibt stehen und schlägt mit dem Knüppel auf das Pferd ein, bis es losrennt. Der Vater hört nicht auf zu schlagen, bis sie zu Hause ankommen. Die Kutsche rast durch den Torweg. Ein Rad schlägt gegen den Begrenzungsstein. Das Pferd bleibt stehen, nass, Schaumfetzen überall. Margot ist nicht herausgefallen. Ihr Vater wirft den Knüppel auf die Erde, bevor der Kutscher ihm beim Aussteigen hilft.

»Morgen ist er weg«, hört sie ihn sagen.

Die Mutter kommt aus dem Haus. Sie wirft einen Blick auf den Mann am Arm des Kutschers. Sie sagt nichts. Sie ist blass, als sie Margot aus dem Wagen holt. Der ist übel.

1936 heiraten Margot und ihr Liebster. Ihr Hochzeitskleid ist weiß. Sie werden in der Marienkirche getraut. In ihrer Familie spielt die Kirche keine Rolle. Der Weg durch die Kirche zum Altar ist mit Ziegelsteinen in verschiedenen Farben ausgelegt. Das ist wunderschön. Die Steine sind sechshundert Jahre alt. Die Farben ergeben ein Treppenmuster.

Der Weg zum Altar ist lang, weil sie langsam gehen. Margot ist, als stiegen sie eine Treppe hinauf, in den Himmel.

Sie trägt einen weißen Kranz im Haar. Daran ist ihr Schleier befestigt; feiner weißer Tüll. Er fällt bis auf den Boden. Zwei Mädchen tragen die Schleppe des Kleides. Es ist hochgeschlossen. Eine Girlande aus weißen Myrtenzweigen reicht von Schulter zu Schulter. Sie trägt weiße Handschuhe. In den Händen hält sie die Freesien, die ihr liebster Mann ihr am Morgen geschenkt hat. Sie sind blassgelb. Immer wenn sie später blassgelbe Freesien sieht, wird sie weinen. Der Pfarrer, Superintendent und Garnisonspfarrer zugleich, ist ein guter Bekannter ihres Mannes. Er findet große Worte für die Aufgaben der Frau an der Seite ihres Mannes in heroischer Zeit. Margot hätte auch ohne diese Worte gewusst, was sie von nun an zu tun hat. Aber sie fühlt sich in ihrer neuen Rolle bestätigt.

»So ein schönes Paar«, sagt der Fotograf, »sie in Weiß, er in Schwarz.«

Auch ihr Mann trägt weiße Handschuhe. Und den Ehrendolch an seiner linken Seite.

Der Dienstanzug der SS

Im Jahr 1932 erhielt die Firma Hugo Boss (deren Inhaber seit dem 1. April 1931 als Mitglied mit der Nummer 508 889 in der NSDAP aufgenommen war und auch der SS-Organisation »Fördernde Mitglieder der FFSS« beitrat) von der NSDAP den Auftrag, für ihre Gliederungen einheitliche Uniformen herzustellen. Während die SA sich mit Brauntönen abfinden musste, wurde für die SS eine schwarze Uniform entworfen. Ab Herbst 1935 war die schwarze Dienstuniform verbindlich für alle SS-Angehörigen vorgeschrieben. Der SS-Ehrendolch wurde im Dezember 1933 eingeführt und am 9. November eines jeden Jahres allen SS-Männern mit ihrer endgültigen Aufnahme in die SS verliehen. Laut Himmler war der SS-Mann dazu verpflichtet, den Dolch gegen jeden einzusetzen, der gegen die Ehre der SS verstoßen oder die Familie der SS-Mitglieder beleidigt hatte.

Die Hochzeit kostet Geld. Aber der Krüppel und Lene sind sich einig: Das sind sie sich schuldig. Und die Kleine hat es verdient. Sie ist immer ein braves Kind gewesen. Nach dem Theater mit dem Zirkuspferd macht sie den Führerschein, um ihren Vater im Auto kutschieren zu können. Sie ist noch nicht alt genug, aber sie bekommt eine Sondergenehmigung, wegen des Behinderten.

Lenes Mann hat ein gewisses Ansehen in der Stadt. Sein Haus liegt in der Unterstadt. Bei ihm trifft sich die Zickentor-Gemeinde. Die hat ihren Namen nach dem nahe gelegenen Tor, durch das früher die Ziegen getrieben wurden. Die Gemeinde sorgt für die Störche auf dem Pulverturm. Deren Geklapper ist im Frühjahr meilenweit zu hören. Was für Feste werden gefeiert, wenn die Störche gelandet sind.

An Margots Hochzeit wollen viele Menschen teilnehmen. Der Polterabend hat kein Ende. Die Leute werfen das Geschirr an das Hoftor und kommen dann nach vorn in die Gastwirtschaft, um sich ihren Schnaps abzuholen. Die Kleine hält es zwischen den Gästen ihres Vaters nicht lange aus. Auch der Bräutigam nicht. Er ist ein ernster Mensch. Schön sehen die beiden aus als Hochzeitspaar. An langen Tafeln wird gegessen. Alle sind dabei, auch die Wäschefrau, die Dienstmädchen, die Köchin, der Kutscher.

Lenes Schwiegersohn hat ein Auto. Es gibt nicht viele Autos in der Stadt, aber er hat eins. Als die beiden abfahren, stehen alle auf der Straße und winken. Die Kleine weint. Alle weinen. Aber nicht lange. Lene muss die Leute ein bisschen scheuchen. Sonst würden die noch stundenlang an der Tafel sitzen.

Die Geschäfte gehen gut in dieser Zeit. Lenes Laden hatte sowieso nicht so viele jüdische Kunden. Die meisten von denen kauften in der Oberstadt. Hin und wieder kommen noch jüdische Hausierer. Gut. Irgendwann nicht mehr. Sie hat dadurch keine Verluste.

Ihr Mann leidet darunter, dass die Kleine weggezogen ist. Der Schwiegersohn ist ein gefragter Mann. Zuerst heißt es, er könne in der Gegend bleiben. In Torgelow sei Arbeit für ihn; irgendein Lager. Aber dann wird nichts daraus.

Margot und ihr Mann besuchen die Eltern oft. Mit dem Dienstwagen ist das bequem. Sie sind auch im November 1938 in Pasewalk. Den Feuerschein können Lene und die Leute im Haus vom Laden aus sehen. Niemand hätte sich vorstellen können, dass so ein kleines Häuschen so hohe Flammen hergibt. Na ja, sie gehen in den ersten Stock. Von unten kann man nicht so gut sehen.

Die Arbeit für die Feuerwehr ist nicht leicht. SA und SS stehen mit gezogenen Waffen herum, damit niemand auf die Idee kommt zu löschen. Das Problem ist, dass die Synagoge im Hinterhof steht, ein kleines Fachwerkhaus. Holz brennt gut. Aber die umliegenden Häuser sollen natürlich nicht abbrennen. Als die Männer zurückkommen, gibt es viel Gelächter. Sie trinken Bier. Lenes Schwiegersohn nicht. Er trinkt kaum etwas. Lene ist nicht wohl bei der Sache. Das sagt sie auch.

»So etwas kann nicht gutgehen.«

Gehört hat sie niemand. Die Männer sind sehr laut. Sie ist froh, dass die Enkelin hinten im Haus schläft. Ein Enkelkind ist inzwischen geboren. Ein Mädchen, Dora, das sehr schnell laufen lernt und noch schneller sprechen. Lene ist stolz auf die Enkelin, auch wenn sie manchmal das Gefühl hat, dass das kleine Mädchen sie mit erwachsenen Augen beobachtet.

Pasewalk wird nun zur Hitler-Stadt. Lene hat nichts dagegen. Man hat auf den Führer gewartet. Dann ist er gekommen. Als allgemein bekannt wird, dass er als Kriegsverletzter schon einmal in der Stadt gewesen ist, baut man ihm eine Weihestätte am Brölliner Weg. Natürlich geht auch Lene hin, wenn sie einmal Zeit genug hat, einen Spaziergang zu machen. Pasewalk hat viele schöne Ecken. Sogar der Bahnhof ist über die Stadtgrenzen hinaus beliebt wegen seines Büfetts. Es gibt Reisende, die ihren Zug abfahren lassen und den nächsten nehmen, um dort essen zu können.

Die Weihestätte sehen die Besucher nur von außen. Später werden Lene und viele andere glauben, Pasewalk sei wegen der Hitler-Weihestätte zerbombt worden. Man redet, nicht nur die Weihestätte, auch die Gesinnung sollte zerbombt werden. Aber noch ist der Führer hier sehr beliebt. Man muss nur den alten Knobelsdorff reden hören. Pasewalk war immer Garnisonsstadt. Schon seit dem achtzehnten Jahrhundert. Für eine Garnisonsstadt ist Heldenverehrung normal.

Als die Stadt zerstört wird, sind Lene und ihr Mann schon weg. Der Krüppel und sie ziehen rechtzeitig zu ihrer Tochter. Es ist für Lene nicht einfach, ihren Mann zum Mitkommen zu überreden. Aber schließlich kann sie ihn nicht allein zurücklassen. Als er schon im Wagen auf der Straße sitzt und sie damit beschäftigt ist, die Türen vom Laden und von der Gastwirtschaft abzuschließen, sieht sie sich nach ihm um. Er starrt das Haus an. Es ist sein Haus. Und dann spuckt er auf den Boden.

»Was soll das denn?«, sagt sie, während sie auf ihn zugeht. Er antwortet nicht. Normal ist das nicht, denkt sie.

Ihr Mann verliert seine Sprache. Nicht wirklich, natürlich. Aber von da an sagt er nicht mehr viel.

Vielleicht denkt er, er habe nicht mehr viel zu sagen. Damit hat er wohl auch recht. Er ist nun ein Mann, der nicht laufen kann, der kein Haus mehr hat, der seine Stadt und seine Freunde verlassen hat. Nur Lene ist noch da. Aber ihr kann er nicht imponieren.

Seine Tochter nimmt ihn gern auf. Er nimmt sich vor, ihr möglichst wenig Arbeit zu machen. Aber es ist nicht mehr viel los mit ihm. Und Kriegszeiten sind, besonders wenn sie zu Ende gehen, nichts als ein großes Durcheinander. Auf Pasewalk fallen dann Bomben.

Pasewalk geht unter

Im letzten Drittel des April 1945 beginnt die Rote Armee ihre Oder-Offensive. Sie erreicht die Stadt Stettin. Die liegt etwa vierzig Kilometer östlich von Pasewalk. Die

Armee teilt sich in zwei Stränge. Die Truppen von Marschall Schukow nehmen die Richtung Berlin. General Rokkossowski führt seine Truppen in Richtung Westen, den Amerikanern entgegen. Auf ihrem Weg liegt Pasewalk. Die Einwohner der Stadt und die Flüchtlingszüge, die, aus dem Osten kommend, vor der Roten Armee herlaufen und Pasewalk erreicht haben, wissen davon nichts.

Viele Pasewalker glauben noch immer an die Wunderwaffe, die der Führer zur rechten Zeit einsetzen wird. Dieser Glaube hält sie aufrecht. Sie gehen ihren üblichen Beschäftigungen nach.

Die Stadt ist im Krieg nicht bombardiert worden. Das Leben geht weiter, auch wenn es immer häufiger Fliegeralarm gegeben hat und die Bedingungen immer schwieriger werden. Die männlichen Arbeitskräfte sind schon seit Jahren durch Fremdarbeiter ersetzt worden. Die Todesanzeigen in den Zeitungen zeigen an, wie viele von ihnen auch noch nach dem Sieg benötigt werden.

Ende April 1945 versammelt der General von Manteuffel seine Divisionen in der Stadt. Die Hitler-Stadt soll verteidigt werden. Der Anblick der Soldaten stimmt viele Pasewalker zuversichtlich, obwohl der Führer bereits »an der Spitze seiner Truppen gefallen« ist.

General Rokkossowski verzichtet darauf, seine Soldaten noch kurz vor dem Ende des Krieges im Kampf mit SS-Truppen in den Tod zu schicken. Das Fliegerinnen-Regiment, das die Armee begleitet, bekommt den Auftrag, die Stadt zu zerstören und die SS zu vertreiben.

Die Fliegerinnen wissen, dass ihr Einsatz dazu beitragen wird, den Krieg schneller zu beenden. Sie haben die zerstörten Dörfer ihrer Heimat gesehen, die die Mordbrenner hinterlassen haben. Sie haben Leichenberge in KZs gesehen und aufgehängte Partisanen, Frauen darunter. Sie sind bereit für ihre Aufgabe.

Ihre Flugzeuge sind einmotorige Doppeldecker aus Sperrholz und Leinwandbezug. Unter dem Rumpf und den Tragflächen sind sie mit Bombenträgern ausgerüstet. Ihre Flughöhe beträgt 300 Meter. Die fliegenden Kisten sind mit einer Pilotin und einer Soldatin besetzt, die die Bomben per Hand ausklinkt. Für mehr Besatzung ist in den leichten Maschinen kein Platz. Weil die hölzernen Doppeldecker langsam und technisch veraltet sind, wurden sie bisher nur zum Nachteinsatz verwendet.

Als die Frauen des 46. Gardebomberregiments Pasewalk angreifen, ist es Tag. Ihre Flugzeuge sind vom Boden aus gut zu sehen. Bevor die ersten Bomben fallen, begrüßen Unentwegte Görings Luftwaffe, die die Russen vertreiben wird. Die Pilotinnen fliegen ihre Einsätze am 25. und 26. April 1945 von Stettin aus.

Nach jedem Feindflug blieb die Maschine nur wenige Minuten am Boden, dann startete sie wieder. »Stellen Sie sich mal vor, was das für unsere Waffenmeisterinnen bedeutete. In diesen paar Minuten mussten sie die vier Bomben, also viermal hundert Kilo, von Hand in die Halterungen einklinken. Unser ganzer Organismus musste sich so schroff umstellen, dass wir während des Krieges keine Frauen mehr waren. Kein Monatliches … na, Sie verstehen. Und nach dem Krieg konnten nicht alle ein Kind haben.«

Am 26. April abends ist der Einsatz beendet. Die Stadt ist zu 85 Prozent zerstört. Einwohner und Flüchtlinge, die entkommen konnten, sind in die umliegenden Wälder geflohen. General von Manteuffel hat sich mit seinen Truppen in Richtung Westen abgesetzt. Dort ergibt er sich den Briten.

Hasso von Manteuffel

Im März 1945 wurde von Manteuffel zum Oberbefehlshaber der 3. Panzerarmee ernannt und sollte das Vordringen der Roten Armee im Osten verhindern. Doch war seine Armee dazu nicht mehr in der Lage, und er zog sich nördlich von Berlin über die Elbe zurück …

Nach dem Krieg war von Manteuffel, der nunmehr in Neuss lebte, in der Politik tätig. Seit 1949 gehörte er der FDP an. Von 1953 bis 1957 war er Mitglied des Deutschen Bundestages. Er war zunächst verteidigungspolitischer Sprecher seiner Partei … verließ am 23. Februar 1956 … die Liberalen … Von ihm, der sich schon früh für einen deutschen Verteidigungsbeitrag einsetzte, stammt die Idee, die neue Armee »Bundeswehr« zu nennen …

1959 wurde er von einem Schwurgericht des Totschlags angeklagt. Er hatte im Jahr 1944 einen Soldaten wegen Feigheit vor dem Feind vor ein Kriegsgericht gestellt. Das Kriegsgericht entschied damals auf Exekution durch Er-

schießen. Von Manteuffel wurde dafür 1959 zu zwei Jahren Gefängnis verurteilt. Nach zwei Monaten wurde er auf Fürsprache von Bundespräsident Heuß freigelassen. … Ende der sechziger Jahre war von Manteuffel als deutscher militärischer Berater für US-Kriegsfilme tätig …

Lenes Schwiegersohn ist während der Zerstörung der Stadt im Krieg. Zuletzt ist er in Rumänien gewesen, aber sie haben schon länger nichts mehr von ihm gehört. Der Mann, der Lenes Geliebter gewesen ist, bleibt verschwunden. Sie muss sich Mühe geben, den Kopf oben zu behalten. Sie haben großes Glück gehabt, weil sie schon weg waren, als die Bomben die Stadt zerstörten. Da kann Lene doch anschließend nicht die Hände in den Schoß legen und jammern.

Der Krüppel stirbt, während sie beim Essen sitzen. Er hat schon seit Wochen nicht mehr gegessen.

»Wenn ihr nichts Besseres habt, dann verzichte ich«, sagt er jedes Mal, wenn die Tochter ihm etwas zu essen anbietet.

Sie haben nichts Besseres. Der Krieg ist zu Ende. Die Leute hungern. Aber das wird vorübergehen. So ist es auch beim letzten Mal gewesen. Lenes Mann kann das nicht einsehen. Er liegt in seinem Bett, starrt die anderen an und isst nicht. Lene, Margot und die kleine Dora essen, was da ist. Sie haben den Tisch an sein Bett geschoben und lassen ihn zusehen. Vielleicht bekommt er so Appetit. Da fällt sein Kopf zur Seite. Er ist tot.

Traurig, aber wahr, denkt Lene. Margot weint um den Vater. Das Mädchen Dora weint nicht. Es beobachtet die Mutter und die Großmutter. Lene bringt das Mädchen hinaus.

Den Kochtopf, aus dem sie die Wassersuppe gegessen haben, hat Lenes Geliebter mitgebracht. Er ist wieder aufgetaucht. Manchmal kommt er zu Besuch. Er hat nicht viel Zeit. Die Firma Siemens-Schuckert in Pasewalk, für die er gearbeitet hat, gibt es nicht mehr. Aber ein Teil der Eisenwerke steht noch. Dort werden jetzt Kochtöpfe produziert.

»Kochtöpfe werden gebraucht«, sagt er. »Die Leute haben ja nichts mehr. Als sie vor den Bomben in die Wälder gelaufen sind, haben sie doch keine Kochtöpfe mitgenommen.«

Das Mädchen Dora gibt ihm recht. Der Mann hat Humor. Sie mag ihn.

Lisa nach dem Besuch im Gefängnis

Es ging mir weder gut noch schlecht, nachdem ich Dora verlassen hatte. Ich dachte über ihre Worte nach: *Irgendwann würdest du kommen. Ich wusste, dass du irgendwann kommen würdest*, und nahm an, dass alle Lebenslänglichen so einen Satz sagen, wenn sie Besuch bekommen, mit dem sie nicht mehr gerechnet haben.

Da wollte ich aufstehen und gehen. Ich weiß nicht, weshalb ich es nicht getan habe. Wahrscheinlich, weil ich an meinen Freund dachte und an die Vorhaltungen, die er mir machen würde, wenn ich ihm erzählte, ich wäre wieder gegangen, ohne ein Wort mit ihr zu sprechen.

Ich wusste, dass du irgendwann kommen würdest.

Sie sah nicht schlecht aus, meine Großmutter Dora. Blass, natürlich, aber nicht fett vom vielen Sitzen, sondern schmal. Und wenn sie nicht diesen merkwürdigen Blick gehabt hätte, ein Funkeln oder Glitzern in den Augen, schwer zu beschreiben, dann hätte man sie für eine ältere Dame halten können, die genug Geld hatte, um ihr Leben damit zu verbringen, Tee zu trinken, in den Garten zu sehen und auf der Terrasse ihres Hauses Handarbeiten zu machen. Wie selbstverständlich ruhten dabei die Hände hin und wieder im Schoß.

Es gab nur keine Terrasse und kein Haus. Es gab eine Lebenslängliche, die sich geweigert hatte, in ihrem Prozess eine Aussage zu machen. Sie war einfach stumm geblieben. Das Einzige, was ihr zu entlocken gewesen war, hatte dann dazu beigetragen, dass sie vermutlich aus der Zelle nicht mehr herauskommen würde. Sie hatte dem Richter versichert, allen Ernstes, dass sie das, was sie getan hatte, jederzeit wieder tun würde. Dabei ging es um Mord. Der Richter hatte ihr geglaubt. Sie galt als gefährlich.

Ich habe ihr damals nicht geantwortet. Es war einfach so, dass mich die Situation überforderte. Wir haben eine Weile stumm nebeneinandergesessen. Ich hatte Zeit, die Handarbeit zu betrachten, mit der sie beschäftigt gewesen war, bevor ich kam. Es handelte sich um ein Band, zehn oder zwölf Zentimeter breit, das sie mit winzigen Kreuzen bestickte; Kreuze in verschiedenen Farben, Rot, Blau,

Grün, Gelb, jedenfalls etwas unsäglich Altmodisches, Trachtenzeug, so etwas.

Ich hatte Zeit, nachzudenken. Je länger ich dort saß, desto klarer wurde mir, dass wir, ich und die Frau, die mir gegenübersaß, nichts miteinander gemein hatten. Was hätte ich sie fragen sollen? Weshalb hätte ich sie etwas fragen sollen? Ich war bisher ohne ihre Antworten ausgekommen. Ich brauchte sie auch jetzt nicht. Als sie irgendwann den Mund aufmachte, musste ich mich zusammennehmen, um nicht zu lachen.

»Fahr nach Pasewalk. Dann wirst du verstehen.«

Ich wollte nicht verstehen. Es interessierte mich nicht, was sie getan hatte. Ich kannte keine Stadt mit Namen Pasewalk. Ich hatte noch nie von ihr gehört.

Dora im Gefängnis

Sie stand auf und ging, ohne sich zu verabschieden. Wenn es eine Tür gegeben hätte, wenn ihr die Zellentür in die Hand gekommen wäre, hätte sie sie hinter sich zugeschlagen. Ich wusste nicht, ob sie wiederkommen würde.

Ich wusste plötzlich nicht einmal, ob ich wollte, dass sie wiederkommt.

Meine Enkelin.

Zuletzt hatte ich sie gesehen, als sie vierzehn war.

Als ich vierzehn war, ging ich ins Kino. Ich trug einen grünen Mantel und braune, lederne Handschuhe. Ich hatte Zöpfe und unreine Haut. Ich war lustig. Meine Freundinnen mochten mich.

Als ich aus dem Kino kam, war die Luft kalt. Der Film hatte »Nacht und Nebel« geheißen. Der Himmel war grau. Ich weinte. Ich ging nach Hause und weinte, bis ich dort ankam, und es schien mir, dass ich nie aufhören würde zu weinen.

Ich schlief nicht mehr gut. Ich fürchtete mich auch vor dem Einschlafen. Ich sah im Traum Bilder aus dem Film wieder. Berge von Leichen, lange, weiße Leiber, aufgerissene Münder, Totenschädel auf lebendigen Menschen, den Gabelstapler, der Leiber zusammenschob zu Haufen aus Knochen. Männer in schwarzen Uniformen, die Stiefel trugen und Reitpeitschen. Manchmal wachte ich nachts auf und weinte.

»Was ist?«, fragte meine Mutter. »Früher hast du so schön gesungen. Weshalb singst du nicht mehr?«

Ich hab nicht geantwortet. Ich konnte nicht antworten. Ich wollte fragen, aber es gelang mir nicht.

»Was ist?«, sagten meine Lehrer. »Du beteiligst dich nicht mehr. Früher warst du uns eine Stütze.«

Ich konnte nicht antworten. Ich schämte mich. Hätte ich meine Lehrer nach der Uniform meines Vaters fragen sollen?

»Was ist?«, fragten meine Freundinnen. »Früher warst du lustiger. Hat dir jemand etwas getan?«

Hatte mir jemand etwas getan? Mir?

Lisa

Natürlich wollte er wissen, wie es gewesen war. Er als Anwalt wollte wissen, wie es im Knast gewesen war. Als könnte er sich das nicht denken, er, der seine Mandanten oft dort besuchte.

»Die Gänge sind leer«, sagte ich. »Einige Zellentüren stehen offen, andere …«

»Nein«, sagte er, »du weißt ganz genau, was ich von dir wissen will.«

»Ach ja?«, sagte ich. »Du willst wissen, wie sie sich eingerichtet hat?«

Er war eine Weile still. Ich verstand ihn. Er wollte nicht, dass sich die Situation zuspitzte. Er wollte, dass wir uns ruhig miteinander unterhielten. Im Grunde wollte ich das auch. Es war diese Frau, die mich wütend machte. Die da in ihrer Zelle saß und Bänder stickte und irre war.

Jawohl, irre war sie. Davon war ich überzeugt.

Als ich mich beruhigt hatte, sagte ich ihm, was ich von ihr hielt.

»Woraus schließt du das?«, fragte er mich.

Ich erzählte von ihren Augen und dass sie wollte, dass ich nach Pasewalk führe, in ein gottverdammtes Nest, das ich nicht kannte und auch gar nicht erst kennenlernen wollte. Und dann merkte ich, dass es falsch gewesen war, diese Stadt zu erwähnen. Denn nun wusste er, was er von mir fordern konnte. Er wusste, dass er nicht verlangen konnte, sie noch einmal zu besuchen. Es gab Grenzen. Sie hatte mich verlassen, als ich ein Kind gewesen war. Sie hatte nicht die geringsten Anstalten gemacht, mir zu erklären, weshalb. Damals nicht und nicht bei meinem Besuch, der, das wollte ich gern zugeben, von mir nicht unbedingt gewollt und deshalb auch nicht besonders freundlich gewesen war. Trotzdem hatte ich erwartet, dass sie mir entgegenkommen würde. Stattdessen dieses: Fahr nach Pasewalk!

»Ich werde dich begleiten«, sagte mein Freund, so, als wäre ich schon entschlossen.

Ich dachte darüber nach. Ich spürte, ich wollte allein sein, wenn ich schon diese Reise unternähme.

»Nein«, sagte ich. »Das ist etwas, was mich allein angeht. Eine Familiengeschichte.«

Ich lachte, gequält, glaube ich. Mein Freund war zufrieden.

Ein paar Tage später war es so weit. Ich machte mich zu früh auf den Weg, denn ich liebte den Berliner Hauptbahnhof. So hatte ich Zeit, herumzubummeln, bevor der Zug fuhr. Ich kaufte eine Jacke und trank einen dieser grässlichen Fruchtsäfte, die so bunt aussehen, als wären sie gefärbt. Sie bestehen aus kleingehacktem Irgendwas und geben einem das Gefühl, man müsse sechs Wochen nichts mehr essen.

Als der Zug den Tunnel in Richtung Osten verließ, war der Himmel blau. Am Bahndamm stand ein rosa blühender Strauch, mitten im Winter. Später sah ich blühende Mandelbäume, Schäfchenwolken am Himmel und Heerscharen von jungen Frauen, die Kinderwagen vor sich her schoben. Ihr Anblick erinnerte mich an meine eigene Situation: ohne Kind und glücklich. In den Schrebergärten entlang der Bahnstrecke hockten dick angezogene Gestalten, Männer und Frauen, um Gartentische, auf denen Thermoskannen standen.

Mit mir im Abteil waren ein Mann und eine Frau. Sie hatten sich Essen mitgebracht, irgendetwas Flüssiges, jedenfalls mit dem Löffel zu essendes. Der Mann bekleckerte sich aus dem Kochgeschirr. Die Frau bearbeitete seine Vorderseite mit einem zu kleinen Taschentuch. Sie war auf so große Flecke nicht vorbereitet. Sie hatte nur an kleine Flecke gedacht. Der Mann ließ ihre Bemühungen über sich ergehen, während er weiteraß. Irgendwann kam der Schaffner und schickte die beiden aus dem Abteil. Die Frau versuchte, ihn dazu zu bewegen, sie sitzen zu lassen. Aber er ließ nicht mit sich reden.

»Erste Klasse ist erste Klasse.«

Der Schaffner war ein junger Mensch, blond, mit einem sympathischen Gesicht und einem silbernen Ring im Ohr.

In der Gegend von Eberswalde wurde der Himmel grau. Der Zug fuhr durch Kiefernwälder. Wenn er ins Freie kam, sah ich hellen, grauweißen Dunst über den Wiesen. Es war, als käme der Abend, aber dafür war es zu früh, so dass das Bild vor dem Fenster etwas Unwirkliches hatte. Es dauerte nicht sehr lange, bis sich der Dunst in dichten Nebel verwandelte. Schon vor Angermünde war das Wasser der Seen, die an der Strecke lagen, und das Schilf, das sie umstand, kaum noch zu ahnen In den Gärten …

Wie kommt es, dass an den Bahnstrecken immer diese kleinen Gärten liegen?, hatte ich meine Großmutter als Kind gefragt. Ich weiß nicht mehr, was sie geantwortet hatte. Vielleicht gar nicht, wie manchmal, wenn sie in Gedanken versunken gewesen war.

… in den Gärten brannten Feuer. Die Flammen glommen im Nebel auf und verschwanden wieder; Zeichen, dass da draußen noch Leben war. Der Horizont verschwand. Die Schäfte der Windmühlen waren nur noch als Stummel zu sehen. Die Ruinen der Bahnhöfe, alle Bahnhöfe im Osten sind Ruinenlandschaften, waren kaum zu ahnen, nicht mehr zu erkennen.

Ich war so fasziniert von dem Schauspiel, das sich meinen Augen darbot, dass ich den Zweck meiner Reise für eine Weile vergaß.

Dann kam ich an in dieser Stadt mit dem viel zu großen Bahnhofsgebäude, das zu sagen scheint: Seht her, die Stadt hat einmal eine Bedeutung gehabt. Hier ist einmal Leben gewesen. Jetzt jedenfalls war das Bahnhofsgebäude tot. Ich zog meinen Koffer im Halbdunkel hinter mir her. Freundliche Streckenarbeiter erlaubten mir, Schienen zu überqueren, an denen gerade gearbeitet wurde. Ein Mann sprach mich an, um mich darauf aufmerksam zu machen, dass ich mich soeben in Lebensgefahr begeben hätte. Ich versicherte ihm, dass die Streckenarbeiter mir erlaubt hätten …

»Und was machen Sie, wenn Sie auf dem Rückweg sind und die Streckenarbeiter gerade nicht da?«, fragte er.

»Ich weiß nicht«, habe ich geantwortet. »Vielleicht bleibe ich ja hier.«

Dora

Ich hatte mich darauf eingerichtet, ein Leben im Gefängnis zu führen, ohne an »draußen« zu denken. Es gibt ein paar einfache Bewegungen, die man ausführt, um beweglich zu bleiben. Gehen zum Beispiel.

Ich ging und ging, und oft hatte ich dabei das Gefühl, ich müsste mich an etwas erinnern. Aber ich wusste nicht, was das sein sollte. Einmal tauchten vor meinen Augen gefrorene Maulwurfshügel auf. Was immer sie bedeuten mochten: Ich hätte es nicht sagen können. Ich ging und ging, jeden Tag zwei Stunden auf meinem Weg in der Zelle. Manchmal stellte sich beim Gehen eine Erinnerung ein, ohne dass ich etwas dazu tat.

Mein Vater kommt nach Hause. Er trägt die SS-Uniform. Er lacht mich an. Er nimmt mich auf den Arm. Mein Vater ist ein schöner Mann. Ich mag ihn sehr.

Einmal besuche ich Margot, meine Mutter. Ich wohne längst nicht mehr bei ihr. Sie ist alt geworden. Mein Vater lebt nicht mehr. Ich frage sie: »Wo war Vater damals?«

»Das weißt du doch. Er hat gearbeitet.«

»In SS-Uniform?«

Meine Mutter beginnt zu weinen. Sie weint still vor sich hin, und ich beobachte sie dabei.

»Du verdächtigst uns«, sagte sie irgendwann. »Womit haben wir das verdient? Wir haben alles für dich getan.«

Sie tut mir leid und ich gehe trotzdem. Sie bleibt weinend zurück. Sie wird sich beruhigen und so tun, als wäre nichts geschehen. Das tut sie, seit ich vierzehn war.

Ich habe es versucht, immer wieder, aber ich kann mich nicht daran erinnern, dass mein Vater, als er aus dem Krieg zurückkam, mit mir gesprochen hätte. Er sprach nicht mehr. Ich träumte damals, dass er nachts mit seiner Frau redete. Menschen müssen sprechen. Sie können nicht stumm leben. Mit irgendwem wird er reden, dachte ich. Mit mir nicht.

Lisa in Pasewalk

Seit ich in Pasewalk war, ging die alte Frau mir nicht aus dem Kopf. Ich dachte darüber nach, wie sie sich wohl fit hielt in ihrer Zelle. Wie alt mochte sie sein? Siebzig, nahm ich an. Ich ärgerte mich darüber, dass ich über sie nachdachte. Wenn ich darauf verzichtet hätte, in diese Stadt zu fahren, müsste ich mir nicht den Kopf über eine Kriminelle zerbrechen, dachte ich. Aber so war es wohl ganz natürlich, dass ich in Gedanken mit ihr beschäftigt war. Außerdem war es nicht meine Absicht gewesen, diese Reise zu machen. Erst als mein Freund gesagt hatte: »Ich werde dich begleiten«, war klar, dass ich fahren würde. Allein.

Das Hotel war in Ordnung. Eine alte umgebaute Villa. Der letzte Besitzer war ein von Knobelsdorff gewesen. Sein Porträt hing in der Empfangshalle; ein Militär, wie es schien. Das Foto war von 1943. Als ich meine Koffer ausgepackt hatte, war draußen die Dämmerung gekommen. Ich ging hinaus, um einen Spaziergang zu machen.

Es gab eine sehr alte Stadtmauer, an der ich entlangging. Sie führte an einem Park vorbei, Kürassierpark genannt, hörte ich später. Der einzige Mensch, den ich dort traf, erklärte mir, das Gebäude im Park habe schon bessere Zeiten gesehen. Es sei einmal ein Offizierskasino gewesen. Es sah heruntergekommen aus, schien aber noch benutzt zu werden.

Es gefiel mir, in der Dämmerung spazieren zu gehen, aber die war sehr schnell vorüber. Es wurde dunkel in der Stadt. Die Straßen hatten keine oder nur wenige Laternen. Ich hatte noch nie eine so dunkle Stadt gesehen. Sie war dunkel und leer. Ich ging beinahe eine Stunde umher und traf einen einzigen jungen Mann, der einen Hund an der Leine führte. Auf der Straße, die ich für die Hauptstraße hielt, sie hieß Marktstraße, fuhren ein paar Autos. Anders als in den kleinen Städten, die ich bisher kennengelernt hatte, vergnügte sich die einheimische Jugend in dieser Stadt nicht damit, am Abend in einem Auto mit heruntergelassenen Scheiben um den Marktplatz zu gondeln oder die Hauptstraße auf und ab zu fahren. Hier fuhren die Autos am Abend durch die Stadt, als hätten sie es eilig, hinauszukommen. Es war, als seien sie auf der Flucht. Niemand hielt an. Niemand hatte eine Scheibe heruntergedreht und ließ den Arm lässig auf dem Fensterrahmen liegen. Die Stadt war still. Keine Musik aus Autoradios, keine Musik aus irgendeinem Fenster, keine jungen Leute, die in den Ecken standen und kicherten. Niemand, nur ein einzelner Mann mit einem Hund an der Leine.

Was tue ich hier?, dachte ich.

Ich ging ins Hotel zurück. »Villa Knobelsdorff«. Bevor ich schlafen ging, rief ich meinen Freund an. Er hatte auf meinen Anruf gewartet. Als ich ihm den Namen des Hotels nannte, in dem ich untergekommen war, hörte ich ihn tief atmen.

»Hätte ich nicht gedacht«, sagte er, »dass man ein Hotel heute noch nach so einem Rechtsradikalen benennt.«

Ich nahm an, er hatte die Absicht, mir einen Vortrag über die Vergangenheit dieses Knobelsdorff zu halten. Ich sagte ihm, dass ich mit der Vergangenheit meiner Großmutter genug beschäftigt wäre. Wenn ihm daran gelegen sei, dass ich hierbliebe, um herauszufinden, weshalb sie mich hierher geschickt hatte, dann solle er mich mit seinen Spekulationen über diesen Knobelsdorff in Ruhe lassen.

»In Ordnung«, sagte er. »Aber für den Fall, dass du irgendwann doch noch Informationen zur Stadtgeschichte brauchst, frag mich ruhig. Ich hab mich kundig gemacht.«

Ich hatte nicht vor, ihn zu fragen. Aber das sagte ich ihm nicht. Wir redeten noch eine Weile miteinander. Ich saß im dunklen Zimmer und hatte die Vorhänge nicht zugezogen. Während wir sprachen, blieb die Straße hinter dem Hotel menschenleer. Einmal kam jemand vorüber, ein Mann, der einen Hund ausführte. Es war nicht der, den ich während meines Spaziergangs gesehen hatte. Ich sah ihn genau, denn auf dieser Straße gab es eine Laterne. Ich zog mich im Dunkeln aus und ging schlafen.

Dora

Ich gehe und gehe. In meiner Erinnerung taucht das Wort Blutsonntag auf.

Es würde etwas geschehen. Niemand wollte mit mir darüber sprechen. Fremde waren im Haus, Männer, die lachten. Einer hatte ein langes Messer. Wenn er es herzeigte, wandten sich die Frauen ab. Es waren Frauen, die ich nicht kannte. Sie hatten Schürzen über dicken Bäuchen und standen herum. Sie warteten und waren still. Worauf warteten die Frauen? Das Schwein schrie. Die Frauen sahen sich an. Es schrie und schrie. Alles war still. Niemand rannte mehr herum. Auf der Treppe polterten Schritte. Der Holzbottich. Die Männer trugen den Holzbottich in die Stube. Ich wollte nicht baden. Ich kroch unter den Tisch. Niemand sah mich. Jetzt redeten die Frauen. Unter dem Tisch war es dunkel und warm. Ich wollte dort bleiben, auch wenn es nicht gut roch. Es roch nach Blut.

»Was macht das Kind da unten? Nimm das Kind weg. Es wird bespritzt werden.«

Die Ärmel der Frauen waren hochgekrempelt. Die Unterarme waren schwarz und rot, wenn sie sie aus dem Bottich zogen.

»Natürlich kann das Kind zusehen. Nicht so dicht. Blutwurst, mein Mädchen, das wird Blutwurst. Die magst du doch.«

»Gebt mehr Majoran hinein«, sagte die Großmutter Lene.

Es roch noch immer nach Blut. Der Geruch ging nicht weg. Er war auch am nächsten Tag noch da.

Lisa

Der Service im Hotel war in Ordnung. Ich wusste nicht, wie lange ich bleiben würde. Ich hätte auch sagen können: ich weiß nicht, was ich hier soll. Ich sagte es nicht, um mir nicht selbst lächerlich vorzukommen. Beim Frühstück las ich die Zeitung, um herauszufinden ... was? Irgendeinen Anhaltspunkt, einen Ansatz.

Es gab eine Stadtinformation und ein Archiv. Sollte ich dort hingehen? Was hätte ich dort fragen sollen? Durch ein Plakat wurde ich auf eine Ausstellung aufmerksam. Der Titel war: »Die Rückkehr der Familien«.

Was sollte das bedeuten? Familienpolitik in diesem Kaff? Am Tag sah ich auf den Straßen sehr junge Paare. Oft schob der Mann den Kinderwagen. Die Leute waren nicht gerade zerlumpt, aber so ärmlich gekleidet, wie ich es noch nicht gesehen hatte. Jemand hatte mitten in der Stadt aus dem Fenster eines Wohnblocks eine Matratze geworfen. Das Laken war noch dran, blau. Die Matratze lag im Garten neben der Eingangstür auf einem Strauch. Eigentlich sah sie noch brauchbar aus.

Ich ging weiter und kam auf den Marktplatz. Er war riesig, viel zu groß für die Stadt. Es schien Markttag zu sein. Zwei oder drei Stände mit Hosen in Tarnfarben und Sweatshirts mit Kapuzen und bunten Bildern auf dem Rücken. Ich sah nicht, dass jemand etwas kaufte. Ein Stand mit Strümpfen, Pullovern und Wäsche. An einer Leine hingen Büstenhalter, die großen weißen Zipfelmützen glichen. Auch an diesem Stand kaufte niemand. Am Wurstwagen standen ein paar Männer, vierzig oder fünfzig Jahre alt. Mir fiel auf, dass das Alter der Leute schlecht zu schätzen war. Ich stellte mich dazu und hörte ihre Gespräche. Es ging um Familienbesuche, Renovierungen, Schnaps.

»Wenn du schon mal da bist«, sagte einer, »dann lehnst du natürlich nicht ab. Und dann nimmst du noch einen und noch einen. Dann kannst du dich nach dem Essen erst mal hinlegen. Und der Tag ist gelaufen.«

Die Männer lachten. Sie waren einverstanden mit dem, was der Freund gesagt hatte. Am Stand des Fleischers nebenan kostete das Kilo Kotelett 2,99 Euro. In jenem Augenblick hatte er keine Kunden. Ich verließ den Wurstwagen und den Markt. Vielleicht zehn oder zwölf Menschen waren auf dem großen Platz, die etwas einkauften. Ich bildete mir ein, ihre Blicke in meinem Rücken zu spüren. Was hat die hier zu suchen?

Ja, das war es, was ich mich fragte. Was hatte ich hier zu suchen?

Dora

Ich träumte von meiner Enkelin. Ich hätte gern ein anderes Wort für Enkelin gehabt. Mir fiel keins ein. Wenn ich am Tag an sie dachte, stellte ich mir vor, wie sie in der Stadt herumlief, in der ich als Kind so oft gewesen war.

Der Geliebte meiner Großmutter war Ingenieur bei Siemens-Schuckert. Er nahm mich mit in seine Wohnung. Seine Frau gab mir Süßigkeiten. Ihre Kleider dufteten nach Parfüm. Sie hatten keine Kinder. Er hatte ein

Perpetuum mobile gebaut, das größer war als ich. Kleine Menschen in einem Gewirr von Stäben und Drähten, die hämmerten und Brot backten und Karren abluden und Pferde sattelten. Alle hatten zu tun. Alle hatten miteinander zu tun. Sie waren eine große Gemeinschaft. Man drückte auf einen Knopf, und sie fingen an, sich zu bewegen. Sie hörten nicht auf, es sei denn, der Knopf wurde wieder gedrückt. In ihren Bewegungen gab es keinen Anfang und kein Ende. Sie hingen miteinander zusammen.

Ich war acht Jahre alt, als ich hörte, dass die Stadt von Bomben vollkommen zerstört worden wäre. Die Erwachsenen sprachen davon, dass die Bombardierung eine Strafe hätte sein sollen. Die Einwohner hatten den Führer verehrt. Sie hatten ihn in ihren Mauern gehabt. Am Ort, an dem sein Lazarett stand, hatten sie ihm eine Weihestätte errichtet. Sie erhielten nun die Strafe für ihre Verehrung.

Das Haus des Ingenieurs bekam einen Volltreffer ab. Ich dachte nicht an ihn und nicht an seine Frau, obwohl ich den Geruch ihres Kleides noch heute erkennen könnte. Ich dachte an das Perpetuum mobile.

Lisa in der Villa Knobelsdorff

Ich aß im Kellerrestaurant des Hotels zu Abend, nachdem ich den Nachmittag auf dem Bett in meinem Zimmer verbracht hatte. An den Wänden hingen Bilder von Kürassieren. Ich konnte ihnen beim Reiten, beim Exerzieren und beim Marschieren zusehen. An der Rezeption erzählte man mir, dass eine Bürgerinitiative den Antrag gestellt habe, auf den Ortsschildern der Stadt unter dem Namen Pasewalk das Wort *Kürassierstadt* anbringen zu lassen.

»Andere sind Hansestädte. Weshalb nicht Kürassierstadt«, habe ich geantwortet.

Ich hörte mir zu und hatte den Eindruck, ich wollte mit diesem Gerede meinem Freund eins auswischen. Was lächerlich war, denn er war nicht da.

»Das kann für unser Hotel nur positiv sein«, sagte die junge Frau an der Rezeption.

Auch unten im Restaurant gab es Bilder von Kürassieren an den Wänden. Ich hatte wenig Lust, etwas zu essen. Also trank ich drei Gläser Wein, und alle Leute gefielen mir. Es ist immer so, dass mir die Leute gefallen, wenn ich betrunken bin. Außerdem gab es hier eine bestimmte Sorte von Leuten nicht, die ich nicht ausstehen kann. Leute, die behaupten, sie hätten Schmetterlinge im Bauch, um das Wort vögeln zu vermeiden, und die oft von Kunst reden, womit sie wahrscheinlich die Muster in ihren Gardinen meinen. Solchen Menschen gehe ich aus dem Weg, wo immer es möglich ist.

Ich saß an der Bar und unterhielt mich mit einem Mann, der eine CD dabeihatte. Er wollte sie mir schenken. Man könne das alte Pasewalk darauf sehen, versicherte er mir. Von ihm erfuhr ich, dass die Stadt am 25. und 26. April 1945 zerstört worden war.

»Alles weg, ratzekahl«, sagte der Mensch, »die Marienkirche total demoliert, und was noch stand, haben anschließend die Polacken angezündet. Auch das Haus der SA, aus Rache.«

Vermutlich war er nicht mehr nüchtern. Er leerte schnell hintereinander kleine Fläschchen, deren Aufschrift ich nicht erkennen konnte. Wie sich herausstellte, hatte er die CD dann doch nicht in der Tasche. Jemand, der sich in unser Gespräch einmischte, kannte sie ebenfalls.

»Mit Musik«, sagte er, »Heino singt dazu.«

Bis dahin war ich drauf und dran gewesen, mich mit dem Besitzer der CD zu verabreden, weiß der Himmel, weshalb. Aber Heino hat mich dann doch abgeschreckt. Es würde wohl auch im Archiv alte Bilder geben. Dahin wollte ich gehen, wenn ich mir »Die Rückkehr der Familien« angesehen hätte.

Doras Erinnerung

In einem dunklen Raum steht ein kleines Kind. Der Raum ist eng, ein Eingang vielleicht oder ein Flur. Das Kind ist ein Jahr alt, ein Mädchen mit einer Schürze über dem Kleid und faltigen Strümpfen.

Das Mädchen ist allein auf dem Bild. Alles Licht sammelt sich auf der kleinen Gestalt und dem Stückchen Fußboden, auf dem es steht.

Wenn ich das Bild lange anschaue, dann erkenne ich eine Hand und einen Arm, der aus dem Dunkel heraus nach dem Kind greift.

Wenn ich das Bild sehr lange anschaue, dann beginne

ich, im Dunkel eine Gestalt zu ahnen. Ich meine dann, meinen Vater zu erkennen, der nach mir greift. Ich meine zu erkennen, dass er lacht.

Lisa

Es ging mir am Morgen noch nie gut, wenn ich am Abend vorher zu viel getrunken hatte. Deshalb trank ich nur selten, zum Essen ein Glas Wein, meist nur Wasser. Vielleicht ließ mich der Anblick dieser Stadt, die offenbar aus der Zeit gefallen war, selbst aus der Zeit fallen. Je länger ich mich dort aufhielt, desto deutlicher wurde mir, dass es die Stadt, in die mich die Frau in der Zelle geschickt hatte, in die ich lächerlicherweise gefahren war, gar nicht gab. Ich ging durch die Straßen und fragte mich: Welches dieser Häuser wird sie gekannt haben? Kaum eines, nahm ich an. Sie waren »neu«, diese Häuser. Es gab nur wenige, die vor 1945 gebaut worden waren. An der Fassade eines Ladens sah ich eine alte, grün ummantelte Uhr. Im gleichen Grün waren geschnitzte Balken um das Schaufester herum gestrichen. Balken und Uhr sahen aus, als wären sie alt. Hatte sie die gesehen? Und wenn ja: Was sollte ich damit anfangen?

Ich ging durch ein altes Gemäuer im Süden der Stadt, das Prenzlauer Tor. Während ich das Wort Prenzlauer Tor vor mich hin sagte, glaubte ich für einen Augenblick, dass ich es schon früher gehört haben müsste. Ich spürte eine leise Panik in mir. War es ihr etwa schon gelungen, mich in ihre Geschichte hineinzuziehen? Der Aufenthalt in dieser Stadt, die Ansammlung von ausdruckslosen Häusern, jungen Männern mit Hunden an der Leine und steifgefrorenen Marktfrauen bekam mir nicht.

Ich begann, die Stadt von Nord nach Süd und von West nach Ost zu durchwandern. Es dauerte jedes Mal nur eine Viertelstunde, bis ich sie wieder im Rücken hatte. Die Häuser an den Rändern der Stadt waren leer. Sie hatten eingeschlagene Scheiben.

Auf dem Rückweg zum Hotel kamen mir drei junge Männer entgegen. Sie trugen schwarze Hosen und schwarze Jacken und Turnschuhe. Sie gingen langsamer, als sie mich sahen. Ich hatte Zeit, sie genauer anzusehen. Als wir auf gleicher Höhe waren, lächelten sie auf mich herab, blieben aber nicht stehen. Rechtsradikale, dachte ich, ganz eindeutig Rechtsradikale. Ich wandte mich nicht nach ihnen um.

Im Hotel telefonierte ich mit meinem Freund. Ich hatte nicht die Absicht, ihm meine Stimmung zu schildern, ihm zu sagen, wie verloren ich mich fühlte. Dann tat ich es doch. Er sagte: »Komm zurück. Du hast dort nichts zu suchen.«

Seine Worte überraschten mich so, dass ich eine Weile sprachlos blieb.

»Ich hol dich ab«, sagte er.

Ich blieb stumm.

»Nein«, sagte ich endlich.

Ich hatte verstanden. Er suchte einen Grund, um hierherzukommen. Er wollte kommen, um mir zu helfen, eine Geschichte zu verstehen, von der ich wollte, dass sie mich nichts anging. Er war beleidigt und legte auf.

Mein Freund tat mir leid, aber ich wollte mich nicht von ihm bevormunden lassen; nicht von ihm und nicht von der Frau in der Zelle, die meine Großmutter war, die mich wie eine Mutter aufgezogen hatte und sich damals besser wie eine Mutter hätte benehmen sollen. Wenn schon nicht damals, dann wenigstens heute. Was für eine Großmutter war das, die im Gefängnis verschwand, ohne ein Wort zu sagen. Die wieder auftaucht, nur um von mir zu verlangen, mich für ihre Geschichte zu begeistern. Ich hatte meine eigene Geschichte. Kein Zeichen. Nichts. Ich wusste ja nicht einmal, wo anfangen.

Vielleicht, weil ich einen klaren Kopf brauchte, ging ich am Abend noch einmal auf die Straße. Ich blieb nicht lange draußen. Nach ein paar hundert Metern traf ich auf die Schwarzgekleideten vom Vormittag. Sie standen auf der Marktstraße, als hätten sie auf mich gewartet. Die Straße war leer, und als ich an ihnen vorüberging, hörte ich, dass sie der Meinung waren, eine deutsche Frau solle im Dunkeln nicht allein unterwegs sein.

»Polacken, junge Frau«, sagte einer, »nehmen Sie sich vor Polacken in Acht.«

Ich ging zurück ins Hotel, trank im Restaurant ein Glas Wein und ging schlafen.

Dora erinnert sich

»Wenn du groß genug bist«, sagt mein Vater, »darfst du in den BDM. Dann schenke ich dir eine goldene Uhr.«

Gold ist meine Lieblingsfarbe. Meine Zöpfe sind aus Gold. Sie sind wie das Gold, das die Prinzessin für Rumpelstilzchen spinnt. Das Korn ist golden und die Sonne sowieso. Die Sumpfdotterblumen haben goldene Blätter, dunkler als der blühende Raps, der auch golden ist. Gegen den Raps ist das Boddenwasser lila.

»Das Kind hat zu viel Phantasie«, sagt Großmutter Lene. Sie ist dick und laut. Ich hasse sie. Wir besuchen sie, als sie krank wird und operiert werden muss.

»Bei der Operation hat das Blut gespritzt«, sagt sie, bevor wir vor die Tür geschickt werden. Zu Hause blasen die Nachbarjungen Frösche mit Strohhalmen auf.

Im Sommer 1944 ist mein Vater in Rumänien. Sein letzter Brief kommt aus Bukarest.

»Marschall Antonescu ist ein Verräter«, sagt meine Mutter Margot. Sie hält einen Jul-Leuchter in der Hand, stellt ihn ab, nimmt das Bild von Antonescu von der Wand. Der Marschall trägt Uniform.

»Marschall Antonescu? Den kenne ich nicht. Wer soll das sein? Und was für ein Leuchter? So etwas hatten wir nicht. Du musst dich täuschen«, sagt meine Mutter zwanzig Jahre später.

Während Antonescu in Rumänien herrschte, wurden Hunderttausende rumänischer und ukrainischer Juden und Zehntausende Roma ermordet. 1946 wurde er im Jeliva-Gefängnis in einem Vorort von Bukarest hingerichtet. Ich muss damals davon gehört haben, weshalb sonst ist mir dieser verdammte Marschall nie wieder aus dem Kopf gegangen.

Lisa

Mir wurde klar, dass es die Ziellosigkeit war, die mich krank machte. Ich musste einen Plan haben, planmäßig vorgehen und dann so bald wie möglich wieder verschwinden. Also ging ich am nächsten Vormittag in die »Familien«-Ausstellung. Am Nachmittag würde ich ins Stadtarchiv gehen. Am Abend bliebe mir nur das Restaurant im Hotel. Es gab nichts anderes, wohin ich hätte gehen können.

Dora

Ich hätte ihr sagen müssen, wohin sie sich wenden soll. Sie würde die Stadt verlassen, ohne gefunden zu haben, was für sie bestimmt war. Ob ihr überhaupt daran liegt zu erfahren, was geschehen war? Ich hätte mit ihr sprechen müssen.

Wenn ich schreie, kommen sie, denke ich. Ich schreie aber nicht. Ich habe meine Arbeit. Ich weiß, dass man sie auf dem Weihnachtsmarkt verkauft. Ich weiß es, weil sie von mir wollen, dass ich Tannenzweige sticke. Es sind aber Sommerbänder. Es sind lustige Bänder für lustige Mädchen beim lustigen Tanz.

Wenn ich aufstehe und tanze? Wenn ich einfach aufstehe und tanze?

Dann kommen sie und nehmen mir die Bänder weg. Meine Arbeit. Meine einzige Arbeit.

Die Rückkehr der Familien

»Die Rückkehr der Familien« war eine Fotoausstellung über die Wiederinbesitznahme oder die Neuinbesitznahme von Land in Vorpommern. Auf den Fotos inszenierten sich die Familien (auf Anregung des Fotografen) selbst. Am liebsten saßen sie auf Biedermeiersofas.

»Unser Sofa kehrt mit uns zurück.«

Der Satz stand tatsächlich unter einem der Fotos. Aber auch betont einfache Sitzmöbel waren beliebt. Ein Hund, manchmal auch zwei, die immer namentlich genannt wurden, gehörte mit zur Familie und deshalb auch auf das Foto. Wertlose Ölgemälde, auf denen uniformierte Herren und blasse Damen zu sehen waren, hingen an den Wänden. Sie galten als Dokumente, die die Rechtmäßigkeit der Wiederinbesitznahme bezeugen sollten. Unter den Porträts befanden sich kurze Aussagen der Familien. Sie waren mit der Hand geschrieben, Schriftzüge alter Menschen. Die Wörter Enteignung, Vertreibung, Rückkehr, Bauernlegen, Krieg, Frieden, sogenannter Rechtsstaat, geraubter Besitz wiederholten sich. Mit »sogenannter Rechtsstaat« war die Bundesrepublik heute gemeint; mit »Frieden« die Vorkriegszeit von 1933 bis 1939. Rückkehrer und Neusiedler waren sich darin einig:

»Die Grenzöffnung 1989 war ein Glücksfall für Landwirte ohne Land.«

Ich war verblüfft, denn es spielte überhaupt keine Rolle, dass das Land, um das es den Herrschaften ging, auch vor der Inbesitznahme Besitzer gehabt hatte. Aber am meisten erstaunte mich die Phantasielosigkeit der Inszenierungen. Bis auf eins, und es waren mindestens vierzig Familienporträts, glichen sie sich. Die Familien versuchten, mit altmodischen Requisiten etwas darzustellen, was sie nicht waren; anzuknüpfen an etwas, was es nicht gab. In ihrer falschen Begeisterung, in dem angestrengten Versuch, die Rückkehr der Geschichte zu beschwören, merkten sie nicht, wie sie sich lächerlich machten. Eine Frau schrieb tatsächlich, sie habe »ein erhabenes Gefühl beim Schnuppern von Heimaterde« gehabt. Einen Augenblick lang stellte ich sie mir auf allen vieren vor, mit der Nase am Boden.

Nachdenklich ging ich zurück in die Stadt. Sie kam mir jetzt noch verlassener vor. Menschen wie die auf den Fotos gab es auf den Straßen nicht. Die das Stadtbild prägten, waren andere. Es waren die einfachen Leute, die Zurückgebliebenen, die weder nach 1945 noch nach 1989 in den Westen gegangen waren. In Ämtern, in Schulen, in Kindergärten arbeiteten vielleicht die Frauen der Landbesetzer, wenn sie sich nicht als Bäuerinnen verstanden. Nach der Arbeit fuhren sie auf das Land zurück, so schnell sie konnten. Ich verstand jetzt besser, weshalb die Stadt so verlassen wirkte.

Ich rief meinen Freund an und berichtete ihm von meinen Überlegungen.

»Was willst du«, sagte er. »Die Stadt hat nach dem Krieg ihre Chance gehabt. Jetzt ist sie am Ende. Deswegen sterben die Leute nicht. Sie machen einfach weiter, so, als ob nichts gewesen wäre. Das ist nichts Neues unter der Sonne. Wenn du willst, erklär ich dir …«

Ich legte auf. Ich hatte kein Interesse an politischen Belehrungen, die alles und nichts erklären. Ich ging essen, und ich aß zu viel. Ich musste hier weg. Das Archiv noch, und dann würde ich verschwinden.

Dora erinnert sich

Mein Vater kommt nicht mehr nach Hause. Er war in Polen, nun ist er in Rumänien. Da ist es warm. Und die Menschen sind klein. Er hat mit kleinen Menschen zu tun.

»Unter, nicht klein«, sagt meine Mutter ungehalten. Die gehen uns eben nur bis zum Bauchnabel, stelle ich mir vor.

Maikäfer, flieg.
Dein Vater ist im Krieg.
Deine Mutter ist im Pommerland.
Pommerland ist abgebrannt.
Maikäfer, flieg.

Lisa

Der Mann im Stadtarchiv war freundlich. Als ich ihm meinen Namen sagte und ihn bat, mich durch die kleinen Räume zu führen, sah ich, dass er unsicher wurde. Er wiederholte die Frage nach meinem Namen.

»Dann sind Sie also doch gekommen«, sagte er. »Ich hatte eigentlich nicht mehr mit Ihnen gerechnet.«

Ich verstand nicht, wovon er sprach. Er verschwand für eine Weile, während ich unschlüssig stehenblieb und auf Ausstellungsstücke starrte, die mich nicht interessierten. Sollte ich gehen?

Da kam er zurück und gab mir einen braunen Umschlag. Er war verschlossen.

»Dies ist für Sie bestimmt«, sagte er. »Es liegt hier schon seit Jahren. Ich hab es von meinem Vorgänger übernommen.«

Ich bin wieder zurück ins Hotel gegangen, ohne den Umschlag zu öffnen. Ich hatte ihre Handschrift erkannt.

Dora erinnert sich

Ein schöner Sommertag. Ich bin mit meiner Mutter Margot im Garten. Wir pflücken Johannisbeeren. Das Fenster zum Wohnzimmer ist geöffnet. Ich höre die Fanfare. Das Radio ist sehr laut. Auf den Führer ist ein Attentat verübt worden. Ruchlose …

Meine Mutter kommt hinter dem Johannisbeerstrauch hervor. Sie weint laut.

Lisa im Hotel

Ich saß auf dem Bett und hielt diesen verdammten Umschlag in der Hand, ohne ihn zu öffnen. Es war lächerlich, aber ich fürchtete mich.

Ich rief meinen Freund an. Er ging mir zwar auf die Nerven. Aber ich wusste, dass ich ihm vertrauen konnte. Ihm konnte ich sagen, dass ich Angst davor hatte, den Umschlag zu öffnen, ohne mir albern vorzukommen.

»Weshalb hast du Angst?«, sagte er. »Was erwartest du? Sie hat dir geschrieben, damit du begreifst, was sie getan hat. Du kannst dir überlegen, ob du es wirklich wissen willst. Ich würde dir raten, dich nicht zu drücken. Bist du denn gar nicht neugierig? Immerhin ist sie deine Großmutter, die Frau, die dich aufgezogen hat, und es scheint doch so, als wollte sie eine Beichte ablegen.«

Ich habe einen Augenblick lang überlegt. Weshalb war ich nicht neugierig? Weshalb war ich nur ängstlich? Ich hörte, dass mein Freund lachte.

»Was immer auch drin steht«, sagte er, »es wird dich bestimmt nicht umwerfen. Es ist die Geschichte einer Frau, mit der du nichts mehr zu tun hast. Es ist nicht deine Geschichte. Sie wird dich nicht mehr berühren, als wenn du einen Film gesehen hättest, über den du einen Augenblick nachdenkst, während wir das Kino verlassen; ungefähr so lange, bis wir eine Kneipe finden und du dich mit der Speisekarte beschäftigen kannst. Ich kenne dich.«

Da wusste ich, dass er recht hatte. Ich würde den Umschlag öffnen. Es wäre nicht meine Geschichte, die da zum Vorschein käme. Sie würde mich nichts angehen.

Doras Geschichte

Ich kann mir denken, dass sich für das Gericht die Frage ergeben wird, ob ich meine Tat bereue. Ich erkläre: Ich bereue meine Tat nicht. Ich werde sie wiederholen, wann immer es dazu einen Anlass gibt.

Das waren die Worte, die ich dem Gericht gesagt habe. Für Dich, mein Kind, sollen andere Worte gelten. Als ich Dich verlassen habe, warst Du zu jung, um zu verstehen. Ich blieb stumm. Später, als Du alt genug gewesen wärst, haben wir uns nicht mehr gesehen. Der Wunsch, mich Dir zu erklären, ist geblieben. Es gibt nichts, das ich mir mehr wünsche, als dass Du mich verstehst.

Ich traf eines Morgens am Frühstückstisch mit ihnen zusammen; ein Mann und eine Frau, beide etwa gleich alt, Mitte dreißig, höchstens, beide dunkelhaarig, groß und schlank. Ihr gefiel nicht, dass die Kellnerin ihnen Plätze an einem Tisch angewiesen hatte, an dem schon jemand saß, und sie war nicht gut genug erzogen, um ihren Ärger zu verbergen. Auch das Frühstück: Milchsuppe, Butter, Brot und Brötchen, Schafskäse, Tomaten und Schinken, gefiel ihr nicht, oder sie beklagte sich darüber, dass von allem zu wenig auf dem Tisch sei.

»Das soll alles sein?«, sagte sie.

Ihre Stimme war kräftig, hatte einen schwachen Berliner Tonfall und jenen schneidenden Unterton, der sich einschleicht, wenn Frauen das Gefühl haben, sie lebten schon zu lange mit dem Mann zusammen, der sie begleitet. Es macht mir Schwierigkeiten, diesen Ton länger als unbedingt nötig auszuhalten. Deshalb beendete ich mein Frühstück nach der Milchsuppe und beschloss zu gehen. Ich bot den beiden meinen Teller mit Käse, Schinken und Tomaten an, den die Frau schnell zu sich herüberzog.

»Das ist ja unmöglich. Sag ihr, es fehlt hier Salz«, sagte sie und wies auf die Kellnerin.

Während ich aufstand, hörte ich den Mann mit der Kellnerin sprechen. Sein Polnisch klang weich und melancholisch. Es klang genau so, wie ich mir Polnisch immer vorgestellt hatte. Als ich ging, sah ich die beiden noch einmal an, und es schien mir, als sei sein Gesicht unter der braunen Haut ein wenig rot geworden.

Ein Glück, dachte ich, während ich die Treppen zur Hotelhalle hinunterstieg, dass heute früh im Frühstücksraum die Tischdecken gewechselt worden sind. Im Hotel waren viele Familien mit Kindern. Natürlich blieb es nicht aus, dass die Kinder Flecken von Milchsuppe auf den Tischdecken hinterließen, die in der Wärme schon nach kurzer Zeit einen säuerlichen Geruch annahmen. Ich hatte mich an den Geruch gewöhnt. Das Hotel war äußerst preiswert, lag direkt an der Ostsee, der Strand war noch schöner, als ich ihn von Büchern und von Bildern kannte, die Menschen waren freundlich, und die säuerlich riechenden Tischdecken waren mir gleichgültig. Ihr wären sie nicht gleichgültig gewesen. Ich freute mich für ihren Mann, dass sie ihm den Geruch nicht vorhalten konnte.

Wenn man, so wie ich, das erste Mal in Polen war und damit beschäftigt, die Verbrechen zu begreifen, die die Generation meiner Eltern an dem polnischen Volk verübt hatte, dann bleibt keine Zeit, sich länger als über den unmittelbaren Anlass hinaus mit Touristen zu beschäftigen, die morgens zufällig an demselben Frühstückstisch gesessen haben. Ich vergaß die beiden sofort und wurde erst am nächsten Abend an sie erinnert, als ich von einer längeren Fahrt durch das Land zurückgekommen war. Ich stand auf dem Balkon meines Hotelzimmers. Die Sonne ging unter, rot in grau, auf dem Innenhof waren ein paar hundert Möwen zum Schlaf eingefallen, und ich stand dort und versuchte, mit der Erinnerung an eine der Baracken fertig zu werden, die ich unterwegs gesehen hatte. Da hörte ich ihre Stimme.

»Ich verstehe nicht, weshalb die sich so aufgeregt haben«, sagte sie.

Unwillkürlich sah ich zur Seite. Ihre Stimme kam aus der geöffneten Balkontür des Zimmers, das neben meinem lag. Im Zimmer hinter der Tür war es dunkel. Vielleicht lagen die beiden schon im Bett. Ich hörte ihn antworten. Obwohl ich einzelne Wörter verstand, er sprach deutsch mit einem polnischen Akzent, verstand ich seine Antwort nicht.

»Du würdest sie immer in Schutz nehmen, was? Dich hat's ja auch nicht gestört, wie sie mich angesehen haben, bevor die Alte zu keifen anfing. In Europa, man wird doch wohl in Europa noch nackt am Strand …«

Ich hatte mich abgewandt und war schon ins Zimmer zurückgegangen, als ihre Stimme abbrach. Ich stellte mir vor, wie er ruhig aufgestanden war, die Balkontür geschlossen hatte und nun geduldig seiner Frau erklärte, weshalb es in seinem Land nicht Sitte sei, sich nackt am Strand zu zeigen. Einen Augenblick lang bewunderte ich seine Geduld, bevor ich mich auszog. Es war tagsüber sehr heiß gewesen, und ich hatte unterwegs beschlossen, abends unter die Dusche zu gehen. Das Paar nebenan war schon vergessen, als ich das Badezimmer betrat. Es war grau gestrichen. Aus der Wand ragte ein gebogenes Rohr, das in einem einfachen Duschkopf endete. Ich sah einen Augenblick auf diese Konstruktion, bevor ich das Bad wieder verließ. Ich verzichtete darauf, das Wasser auch nur aufzudrehen, weil in meiner Erinnerung die Duschen einer KZ-Gedenkstätte aufgetaucht waren, die ich vor längerer Zeit gesehen hatte; Duschen, aus denen nicht Wasser, sondern Gas geströmt war.

In den nächsten zwei Tagen verließ ich mein Zimmer nicht. Zwieback und Tee ließ ich mir bringen. Ich hatte das Gefühl, ich wäre krank. Eine Art Fieber hinderte mich daran, das Bett zu verlassen. Es hinderte mich nicht daran zu denken. Im Gegenteil, es schien mir, als wären meine Gedanken besonders klar und als reiche meine Erinnerung plötzlich weit in die Kindheit zurück. In einer Art Wachtraum sah ich die Männer meiner Familie und ihre Freunde vor mir, die im November 1938 in der kleinen Stadt Pasewalk nahe der jetzigen polnischen Grenze die Synagoge zerstört hatten. Ich sah sie nach ihrer Tat ins Haus kommen, angetrunken und großsprecherisch. Sie mussten angetrunken gewesen sein. Ein wenig Alkohol war noch nötig, um ihre kleinen Bedenken hinwegzuspülen. Ich hörte sie die Treppe heraufkommen und sah sie das Zimmer betreten, in dem ihre Frauen auf sie warteten. Es war das Zimmer, in dem der große Holztrog stand, wenn geschlachtet wurde. Jetzt saßen sie um den

Tisch. Die beiden niedrigen Fenster waren halb offen. Der Lärm auf der Straße war verebbt. In der Luft hing ein Geruch von Frost und Feuer, und sie sahen den Männern entgegen. Die Frauen hatten sie nicht daran gehindert, loszuziehen. Sie sahen ihnen bewundernd entgegen. Und einzig meine Großmutter Lene, eine dicke, alte Frau, sagte: »Das kann man nicht machen. Das wird sich rächen.«

Aber sie sagte das nicht, weil sie sich schuldig fühlte, sondern weil sie die Angst vorwegnahm, die sie alle in ein paar Jahren für kurze Zeit verspüren würden.

Ein knappes Jahr später waren die Männer in Polen. Ich habe einen Brief gelesen, der von dort kam, und auch, wenn er später nie mehr aufgetaucht ist, erstand trotz Fieber sein Inhalt, ja sogar die Schrift und das Papier deutlich wieder vor meinen Augen. Ich sah einen doppelten Bogen, herausgerissen aus einem Schulheft. Der Faden, mit dem die Seiten geheftet worden waren, hatte in der Mitte der Blätter einen Riss zurückgelassen. Eine Seite des Bogens war beschrieben. Ich brauchte nur die Augen zu schließen, um den Text vor mir zu sehen. Er klang fröhlich, der Brief. Vielleicht lag es daran, dass ich als Mädchen eine Zeitlang der Meinung war, Untermenschen seien kleine Wesen, die fröhlich kritzelnd vor Heften saßen, die meinen Schulheften glichen. Aber weshalb musste dann mit ihnen Schluss gemacht werden? Ich weiß nicht, ob ich als Kind danach gefragt habe.

Ich schlief viel, niemand störte mich, und nur beim Erwachen hatte ich ein paarmal den Eindruck, als sei es während der vergangenen Stunden im Zimmer nebenan laut gewesen. Aber ich hatte genug mit meinen Träumen zu tun und kein Bedürfnis, darüber nachzudenken, was während meines Schlafes nebenan geschehen sein mochte. Ein Traum quälte mich besonders. Er überfiel mich jedes Mal, bevor ich erwachte, sechs- oder siebenmal am zweiten Tag. Ich glaube, ich bin nur deshalb am dritten Tag wieder aufgestanden, weil ich ihn nicht mehr ertragen wollte.

Als ich am Frühstückstisch erschien, saßen sie schon dort.

Ich sagte freundlich guten Morgen, bekam aber keine Antwort. Sicher hätte ich die beiden nicht weiter beachtet, aber ihr Schweigen war so ungewöhnlich, ich meine, sie schwiegen nicht nur auf meinen Gruß, sondern sie schwiegen auch miteinander so absolut, dass ich begann, sie zu beobachten. Was ich wahrnahm, erschreckte mich, aber ich weigerte mich an diesem Morgen, zu glauben, was ich sah. Bevor es geschah, sah ich die beiden noch zweimal beim Frühstück, und ich konnte dann am nächsten Morgen nicht anders, als meinen ersten Eindruck für wahr zu halten. Die Frau war voll Hass. Ihr Mann war nichts weiter als traurig.

Ich muss übrigens sagen, dass mir an diesem Tag zum ersten Mal auffiel, dass die Frau nicht dunkel war, sondern blond. Vielleicht hatte sie beim ersten Mal, als ich sie sah, im Schatten gesessen, und ich hatte ihr Haar deshalb für dunkel gehalten. In Wirklichkeit war ihr Haar weizenblond und zu Zöpfen geflochten, die sie um den Kopf geschlungen trug. Sie schien mir im Sitzen ein wenig größer zu sein als er. Sie hasste ihn, weil sie ihn verachtete. Sie machte ihn dafür verantwortlich, dass sie nicht fähig war, sich von ihm zu trennen. Sie hielt ihn für einen Schwächling, für überflüssig, für ekelerregend. Sie wollte da sein, wo er war, und er sollte verschwinden. Er sollte ihr alles lassen, was er besaß: seine weiche Sprache, seine sanften Bewegungen, seine Geheimnisse. Sie wollte ihn vernichten, weil sie sein Anderssein und ihren Irrtum nicht ertragen konnte.

Ich sah ihn an und sah, dass er alles wusste. Er hatte versucht, allen Hass, zu dem er fähig war, zu beleben. Er hasste sie jetzt vielleicht, aber er verachtete sie nicht. Er liebte sie noch immer.

Ich weiß nicht, weshalb ich am Tisch sitzen blieb. Vor ein paar Tagen noch wäre ich gegangen. Ich wäre gegangen, weil sie mich nicht interessierten und weil die furchtbaren Gefühle zwischen ihnen mir Unbehagen bereiteten. War es vielleicht so, dass ich ihren Hass spürte, weil ich inzwischen längst mit ihr verbunden war und deshalb sitzen bleiben musste?

Sie standen vor mir auf. Ich glaube nicht, dass sie etwas gegessen hatten. Sie erhoben sich ganz plötzlich und fast vollkommen synchron. Ich sah ihnen nach. Sie gingen nebeneinanderher. Zwischen ihnen war ein Abstand, der, wenn ich jetzt darüber nachdenke, nicht breiter als fünfzig Zentimeter gewesen sein kann, denn sie gingen nebeneinander die Treppe hinunter, und die Treppe ist nicht breiter als zwei Meter. Damals schien mir, sie gingen nebeneinander und hätten zwischen sich mehrere Meter. Merkwürdig war nur, dass das Paar auf mich eine deutliche Anziehungskraft ausübte.

Ich erinnere mich, dass ich aufstand, ohne etwas gegessen oder getrunken zu haben, und ihnen folgte. Auf dem Weg zur Treppe kamen mir mehrere Familien mit Kindern entgegen, und eine Kellnerin trug ein mit Suppenschüsseln gefülltes Tablett so vor mir her, dass ich nicht an ihr vorbeigehen konnte. Ich meinte, gesehen zu haben, dass die Frau Stiefel trug, Reitstiefeln nicht unähnlich, in die sie ihre Hose gesteckt hatte, und ich hörte das leichte, harte Geräusch ihrer Absätze auf der Treppe während ich versuchte, sie einzuholen.

Als ich mir endlich einen Weg gebahnt hatte, war die Treppe leer. Auch unten in der Hotelhalle und vor dem Eingang konnte ich das Paar nicht entdecken. Ich beschloss, hinauf in mein Zimmer zu gehen, blieb aber nach wenigen Augenblicken noch einmal stehen. Was hatte ich eigentlich von ihnen gewollt?

Ich spürte, wie mein Gesicht heiß wurde; ob vor Scham oder wegen des Fiebers, das ich wieder stärker spürte, hätte ich nicht zu sagen vermocht.

An diesem Tag nahm ich meine Ausflüge wieder auf. Schon bevor ich krank geworden war, hatte ich die Absicht gehabt, in einen weiter entfernten Ort zu fahren, den ich als zeitweilige Feldpostadresse meines Vaters noch im Kopf zu haben glaubte. Es ist wahr, dass ich meine Reise insgesamt ohne gründliche Vorbereitung angetreten habe. Wäre ich besser vorbereitet gewesen, so hätte der Anblick meines Vaters auf einem Foto … Aber ich will der Reihe nach erzählen.

Ich erinnere mich, bevor ich fuhr einen Schluck Wasser getrunken und meine Thermosflasche mit Wasser gefüllt zu haben. Die Flasche stand auf dem Balkon, und als ich sie ins Zimmer holte, sah ich, dass der Mann auf dem Nachbarbalkon stand. Er hatte mir den Rücken zugekehrt und sah hinunter auf den Innenhof. Ich ging ins Zimmer zurück, bevor er mich bemerkte. Ich hatte das Gefühl, es könnte ihm unangenehm sein, in diesem Zustand gesehen zu werden. Er war barfuß und trug einen kurzen Bademantel. Ich erinnere mich an die mageren, braunen Männerbeine und an die zuckenden Schultern, aus denen ich schloss, dass er weinte oder zumindest ein Weinen unterdrückte. Er tat mir leid, aber ich weiß, dass ich ihn gleichzeitig ein wenig verachtete.

Der Ort, den ich am frühen Nachmittag erreichte, war eher ein Dorf als eine Stadt. Ich hatte auf meiner Reise schon mehrere Orte gesehen, an denen die Zeit vorübergegangen zu sein schien, aber bei diesem hier war das so deutlich, dass ich meinen Wagen schon wenige Meter nach dem Ortsschild an den Straßengraben stellte und zu Fuß weiterging. Das Geräusch des Motors hätte die Stille und den Zauber des Ortes zerstören können. Die neue Zeit war nicht bis hierher gekommen. Während ich die Dorfstraße entlangging, begann ich, mich wohl zu fühlen.

Inzwischen weiß ich, dass die Abwesenheit von Zeit – oder Geschichte – die Voraussetzung dafür gewesen ist, dass ich bis dahin ein einigermaßen erfolgreiches Leben geführt hatte. Wohl hatte ich ein Unbehagen gespürt, das mich daran hinderte, mich mit der Geschichte meiner Familie auseinanderzusetzen. Aber bis dahin war ich sozusagen in meinem Element gewesen. Wenig später sollte ich erfahren, wie unsinnig es ist zu glauben, es wäre zu verhindern, dass die Zeit einstürzt, oder besser: dass die Geschichte lebendig wird. Vorläufig aber ging ich langsam durch den hellgrauen Staub der Dorfstraße auf die Kirche zu, die müde und klein weit hinten an der Straße zu sehen war.

Es gibt in diesen Dörfern im Sommer eine Stunde am frühen Nachmittag, in der niemand auf der Straße ist. Alle Fenster sind geschlossen. Phlox und Margeriten und Ringelblumen stehen in den Vorgärten, als habe sie niemand gesät und als würde sie nie jemand schneiden. Das Kartoffelkraut und die Feuerbohnen hinter den Häusern sind voller Schmetterlinge. Aber sie bewegen sich nicht. Nichts bewegt sich, die Sonne steht still. Die schwarzen Kirschen liegen schwer im Straßenstaub. Und wenn wirklich eine einzelne alte Frau zum Fenster hinausschaut, dann steht sie so, dass man sie nicht sieht. Dann soll man umkehren. Oder sich auf einen Stein am Straßenrand setzen und ruhig abwarten, bis die ersten Menschen wieder aus den Häusern kommen, irgendwo eine Ladentür geöffnet wird und jemand mit einer Milchkanne klappert.

Ich kehrte nicht um. Ich ging auf die Kirche zu, deren Tür von weitem so aussah, als wäre sie nur angelehnt und hinge ein wenig schief in den Angeln. Die Tür war aber keine Tür mehr und die Kirche keine Kirche. Ich war auf die einzige Wand zugegangen, die von der Kirche stehengeblieben war. Ich bemerkte meinen Irrtum erst, als ich die lose in den Angeln hängende Tür öffnete und vor einem mit Gras bewachsenen Platz stand, der von einer Mauer begrenzt wurde. Ich hätte immer noch umkehren können, natürlich.

Ich trat über den schweren, angekohlten Balken, der einmal als Türschwelle gedient hatte, überquerte den Platz mit dem hellgrünen, sehr kurz gehaltenen Gras und stand vor der Mauer. In einem flachen, langen Glaskasten klebten Fotos. Ich muss allerdings sagen, dass ich sie nicht als Fotos empfand. Ich sah sie, und die Geschichte war zurückgekommen.

Ich hörte Lärm von brüllenden Männern und kreischenden Frauen. Ich sah meinen Vater. Ich hörte ihn lachen. Ich habe ihn wirklich gehört, dort vor der Mauer. Ihn und die anderen, während sie sich damit unterhielten, auf nackten Frauen zu reiten, deren Nacktheit Scham oder Erbarmen mit dunklen Balken verdeckt hatte. Es waren sieben Fotos, siebenmal Gelächter und Geschrei in dem Bordell, das eine Kirche gewesen war und nun ein Museum. Ich sah meinen Vater nur auf einem der Fotos, aber ich hörte ihn die ganze Zeit rufen, Anweisungen geben, lachen. Er hatte die Fotos gemacht. Ich kannte den Fotoapparat. Während seines letzten Urlaubs hatte er ihn mir geschenkt. Ich war sehr stolz gewesen. Er schenkte mir den Apparat und einen bestickten Gürtel, der dem Band ähnlich sah, das eine der Frauen auf den Fotos als Leine um den Hals gebunden trug.

Ich glaube nicht, dass die Dorfbewohner aus den Überresten der Kirche ein Museum gemacht haben, um die Erniedrigung der Frauen darzustellen. Jeder Mensch weiß, was mit Frauen im Krieg geschieht, auch wenn niemand darüber spricht. Aber die Bewohner dieser Gegend sind fromm. Die weiterziehenden Truppen hatten die Kirche in Brand gesteckt. Das sollte dokumentiert werden. Die Frauen waren mit einigen Partisanen, die man in den umliegenden Wäldern gefangen genommen hatte, darin verbrannt.

Ich erinnere mich, dass ich über die Dorfstraße zurückgehen wollte. Ich trat über die angekohlte Schwelle und richtete den Blick auf das weit entfernt stehende Auto, und meine Augen ließen es nicht los, während ich über die noch immer menschenleere Straße dahin zurückging. Ich weiß nicht, woher das Schreien kam, das ich hörte und das mich dazu brachte, schneller zu gehen. Ich weiß auch nicht, wie es möglich war, dass ich die alten Männer und Frauen an den Fenstern gesehen habe. Ich kann mich an jedes ihrer Gesichter erinnern, obwohl ich das Auto nicht aus dem Blick ließ.

Während ich zurückfuhr, alle Straßen waren schwarz und blank und ohne Schlaglöcher, so dass ich leise und achtlos dahinrollte, verlor sich das Schreien langsam. Es wurde auf eine merkwürdige Weise still. Ganz versteh ich es bis heute nicht. Das Schreien war noch da, aber es war nicht länger zu hören. Mein Fieber dagegen konnte ich deutlich spüren. Es war noch stärker geworden. Ich erinnere mich, dass ich anhielt, um etwas Wasser aus der Thermosflasche zu trinken. Merkwürdigerweise sah ich dabei den Mann auf dem Balkon vor mir. Ich sah ihn deutlich weinen und hatte das lächerliche Gefühl, ihn trösten zu müssen. Ich fühlte mich jetzt, ich kann es nicht anders beschreiben, stark und frei.

Die Straßen führten durch Weizenfelder. Die Felder, die am Tag in der Sonne hellbraun ausgesehen hatten, waren in der Dämmerung weiß, als hätte sich Schnee auf die Ähren gelegt. Der Anblick der weißen Felder gegen den dunkler werdenden Himmel erschien mir wie eine Verheißung. Ich fuhr langsam und kam erst spät zurück.

Die meisten Fenster des Hotels waren schon dunkel. Die Kapelle, die ich jede Nacht vor dem Einschlafen bis hinauf in mein Zimmer gehört hatte, spielte auch an diesem Abend. Ich ging über die Hotelterrasse, sie war leer, glaube ich, jedenfalls erinnere ich mich nur an die dunklen Säulen aus zusammengebundenen Sonnenschirmen, und nahm den Eingang zur Bar. Der Raum, den ich betrat, war groß, niedrig und dunkel. Weit entfernt von der Tür sah ich die Kapelle, mehrere Männer in goldbestickten Kostümen, die Ähnlichkeit hatten mit den aufziehbaren Trommeläffchen, mit denen wir als Kinder spielten. Niedrige Tische und Sessel standen um eine weite Tanzfläche, auf der sich zwei Paare drehten. Sehr junge Mädchen in kurzen Röcken und mit hochhackigen Schuhen tanzten mit älteren Männern, die jugendlich gekleidet waren und sich so formell bewegten, als trügen sie die Maßanzüge, an die sie gewöhnt waren. Es ist möglich, dass sie die Vorstandsmitglieder der Deutschen Bank waren, von denen später der Staatsanwalt in seiner Rede als Zeugen gesprochen hat. Ich hatte sie nie vorher gesehen und hielt sie für Deutsche, die das billige Vergnügen genossen, von dem sie glaubten, dass es ihnen zustünde. Und so war es ja auch. Die Art ihres Vergnügens bleibt immer gleich. Nur die Umstände, unter denen es genossen wird, sind historisch bedingt.

Meine Zimmernachbarn, der Pole und die Deutsche, saßen an der Bar. Sie waren nicht allein. Neben ihnen standen einige ältere Frauen. Ich nahm an, dass sie zu der Reisegruppe gehörten, die angekommen war, als ich morgens das Hotel verlassen hatte. Ich nahm es deswegen an, weil ich eine der Frauen wiedererkannte, die mich schon am Morgen, während ich meinen Zimmerschlüssel an der Rezeption abgab und einen flüchtigen Blick auf die Angekommenen warf, an meine Großmutter erinnert hatte. Jetzt, im Halbdunkel, unter dem rötlichen Licht und in dem fiebrigen Zustand, in dem ich mich befand, war sie meine Großmutter. Ich hätte ihr nicht zuhören müssen, um zu wissen, was sie sagte. Sie und die anderen waren gekommen, um ihre Häuser in Augenschein zu nehmen. Die Meinungen darüber, ob sie Entschädigung verlangen und auf die Häuser verzichten oder abwarten sollten, bis die Verhältnisse sich weiter gebessert haben würden, waren geteilt.

»Sie müssen bedenken«, sagte die Frau meines Zimmernachbarn, »verzeihen Sie, wenn ich das so offen sage, aber man soll den Tatsachen ins Gesicht sehen, Sie müssen bedenken, dass es in Ihrem Alter vielleicht doch vernünftiger ist, die Entschädigung zu nehmen. Bis die hier einsehen, dass sie endgültig bankrott sind und uns das Land zurückgeben, dauert es, vielleicht, noch ein Weilchen. Was man hat, das hat man.«

In diesem Augenblick trafen sich unsere Blicke. Es war das erste und einzige Mal, dass der Pole und ich uns angesehen haben. Ich glaube aber, dass der Staatsanwalt später trotzdem recht hatte mit seiner Feststellung, es habe eine Verabredung zur Tat gegeben. Es gab sie, wenn auch nicht in so konkretem Sinn, wie er es sich vorstellte. Ich glaube, der Pole verstand, was ich dachte in dem gleichen Augenblick, in dem sie »Entschädigung« sagte. Wir sahen uns nicht länger an, als sie brauchte, um das Wort auszusprechen. Ich hätte ihn auch nicht länger ansehen können.

Ich spürte das Fieber jetzt sehr stark. Mein Gesicht brannte, und als ich versuchte, bei dem Mann hinter der Bar ein Glas Wasser zu bestellen, versagte meine Stimme. Ich wäre gern gegangen, aber ich hatte Angst davor, den Saal zu durchqueren, so dachte ich jedenfalls. Inzwischen glaube ich, dass es mir nicht möglich war, mich von ihnen zu trennen. Auch interessierte mich die Frage, ob die Frau mit den hochgesteckten grauen Haaren wirklich meine Großmutter war, denn gleichzeitig erinnerte ich mich daran, dass man sie schon vor Jahren begraben hatte.

Es gelang mir nicht, diese Frage endgültig zu klären. Gleich nachdem ich mich in einen Sessel hatte fallen lassen, verließen die alten Frauen den Saal. Wir waren allein. Es wird so gewesen sein, dass die Äffchen noch Musik machten und die alten Männer noch tanzten. Ich kann es nicht sagen. Ich saß im Dunkeln und hörte meinen Zimmernachbarn zu. Es ist möglich, dass sie zu diesem Zeitpunkt meine Anwesenheit nicht wahrgenommen haben. Sie waren sehr mit sich selbst beschäftigt. Ich hatte mir einen Sessel in ihrer Nähe ausgesucht, weil ich ihnen zuhören wollte. Mir war klar geworden, dass ich die Person töten musste. Aber der Entschluss zu töten und einen unmittelbaren Anlass dafür zu finden, sind zwei verschiedene Dinge. Ich bin keine Mörderin. Ich glaube überhaupt, dass es Mörder nicht gibt. Es gibt Situationen, in denen Menschen dazu gezwungen sind, sich oder andere töten zu müssen. Ich meine nicht, dass sie von jemand anders gezwungen werden, sondern dass sich ihre Lebensgeschichte bis zu einem Punkt entwickelt hat, an dem der Selbstmord oder die Tötung eines anderen die zwingende Folge dessen ist, was sie bisher gelebt haben. Die gesellschaftliche Übereinkunft, solche Menschen als Mörder zu bezeichnen und zu isolieren, ist auch ein Zeichen von Hilflosigkeit oder von Rachsucht.

Ich will versuchen, mich zu konzentrieren, um zum Ende zu kommen. Dabei nehme ich vorweg, dass die Person es mir leichtgemacht hat. Als die alten Frauen außer Hörweite waren, machte er eine Bemerkung, die ich nicht verstand. Ich verstand nur, was sie darauf antwortete.

»Mach dich nicht lächerlich«, sagte sie. »Ich bin mit dir hierher gefahren, weil du wolltest, dass ich dein Land kennenlerne. Ich hab's kennengelernt. Es ist genau so, wie ich es erwartet hatte. Ihr seid doch unfähig. Jedes einzelne dieser alten Weiber würde schneller Ordnung in den Laden bringen als du und deine Volksgenossen. Es wird

Zeit, dass die Deutschen das Heft wieder in die Hand nehmen.«

Ich hörte seine Antwort nicht mehr. Ich stand auf, ging zu meinem Auto und holte die Waffe.

Auf dem Rückweg, das Hotel hat lange Gänge und die Luft in den Gängen war sehr schlecht, hatte ich einen Schwächeanfall. Es kann aber auch sein, dass ich wegen des Fiebers nur sehr langsam vorangekommen bin, jedenfalls setzte ich mich für einen Augenblick auf einen der Sessel, die auf jedem Treppenabsatz standen. Einer der alten Männer aus dem Tanzsaal kam gleich nach mir herauf. Er stützte sich auf das Mädchen neben sich. Er stützte sich nicht, weil er Hilfe brauchte, sondern um dem Mädchen zu zeigen, dass er der Herr war. Sie gingen an mir vorbei, ohne mich zu beachten. Ich sah, wie sie in einem Zimmer verschwanden, das ein paar Türen von meinem entfernt lag, und der Gedanke an das Bordell, das ich am Nachmittag gesehen hatte, machte mir einen Augenblick lang zu schaffen; genau gesagt, so lange, bis mir einfiel, dass ich die Nacht wohl nicht mehr im Hotel verbringen würde.

Ich erhob mich, als meine Beine mir wieder gehorchten, und ging in mein Zimmer, um zu packen. Nachdem ich fertig war, ich reiste immer mit wenig Gepäck und brauchte deshalb nicht lange, schaltete ich das Licht aus und setzte mich in die geöffnete Balkontür.

Die Nacht war sehr warm und sehr dunkel. Die Bässe und einzelne Akkorde der Tanzmusik drangen zu mir herauf.

Durch das Balkongitter sah ich die bis zum Terrassenboden reichenden Fenster des Tanzsaals, hinter deren mit grobem Tüll verhängten Scheiben sich ein einzelner Schatten im Rhythmus der Musik bewegte. Als der Pole und die deutsche Person ihr Zimmer betraten, machten die Musiker gerade eine Pause. Ich hörte das Geräusch des Schlüssels in der Zimmertür und blieb ruhig sitzen. Die Pistole lag neben mir auf dem Fußboden. Die beiden sprachen nicht. Ich hätte sie hören müssen, denn auch in ihrem Zimmer stand die Balkontür offen. Aus der Tür fiel ein schwacher Lichtschein nach draußen. Nach einer Weile, ich weiß nicht, wie viel Zeit vergangen war, aber als ich später darüber nachdachte, fiel mir ein, dass die Musik gerade wieder eingesetzt hatte und an den vergangenen Abenden waren die Pausen nicht länger als eine Viertelstunde gewesen, kam sie auf den Balkon. Und auch wenn später vor Gericht davon die Rede gewesen ist, dass die Person einen Rock und eine Jacke getragen habe, so dass ich mich nicht hätte irren können, so weiß ich doch: Die Person, die ich sah, trug Hosen, die in Stiefeln steckten, und ein Jackett. Wie mein Vater. Er stand dort und sah aus, wie ich ihn in Erinnerung hatte, als er uns ein Jahr vor dem Ende des Krieges besuchte. Und die Pistole, die ich zu meinem Schutz bei mir trug und die ich jetzt in der Hand hielt, hatte er damals zurückgelassen.

Ich habe meinen Vater nicht angerufen. Ich habe zweimal auf ihn geschossen. Ich habe gewartet, bis er an der Innenseite des Balkons zu Boden gerutscht ist. Dann habe ich die Pistole in die Tasche gesteckt und bin gegangen. Ich weiß nicht, ob mich jemand gesehen hat, während ich hinunterging. Mein Reisepass lag in einem der Fächer an der Rezeption. Ich habe ihn an mich genommen und bin gegangen, ohne dass mich jemand aufgehalten hätte. Für die Fahrt habe ich sechs Stunden gebraucht. Als ich zu Hause angekommen war und am Fenster unseres Wohnzimmers stand, ging gerade die Sonne auf. Zusammen mit dem bestickten Gürtel und dem Fotoapparat habe ich die Pistole in einen Karton gepackt, den ich ein paar Tage später an das Museum geschickt habe. Bevor ich einschlief, ich war sehr erschöpft, aber das Fieber war verschwunden und meine Überlegungen waren sehr klar, dachte ich, dass wenigstens diese Frau kein Unheil mehr anrichten würde. Ich erinnere mich, dass der Gedanke mich ruhig einschlafen ließ.

Zwei Wochen später, Du warst vom Frühstückstisch aufgestanden, um in die Schule zu gehen, kamen sie, um mich abzuholen.

Lisa verlässt Pasewalk

Am Morgen des nächsten Tages reiste ich ab. Beim Frühstück im Hotel las ich die Pasewalker Zeitung. Nichts Besonderes fiel mir auf. Einunddreißig Insolvenzverfahren, ich weiß nicht mehr, innerhalb welchen Zeitraums. Eine etwas skurrile Kontaktanzeige habe ich im Kopf behalten:

Wiege hundert Kilo. Du sollst nicht schwerer sein als ich. Zwanzig Jahre. Gern mit Kind.

Als ich das Hotel verließ, regnete es dicht und sanft. Der Regen blieb auch, während ich im Zug saß. Nach vorn, in Richtung Berlin, wurde es vorsichtig heller. Es war so, als ob das Land hinter mir im Dunkeln versänke. Irgendwie lächerlich, das Ganze.

Mein Freund, dem ich die Blätter meiner Großmutter zum Lesen gab, sagte:

»Wenn sie das vor Gericht gesagt hätte, wäre sie, vielleicht, mit einer kürzeren Strafe davongekommen. Die ersten Sätze hätte sie allerdings weglassen müssen.«

»Ich glaube nicht, dass sie etwas anderes wollte als das, was sie jetzt hat«, habe ich ihm geantwortet.

Mein Freund war mit dieser kurzen Auskunft nicht zufrieden.

»Du machst es dir zu einfach«, sagte er. »Da sitzt eine Frau jahrelang im Gefängnis, anscheinend kaum daran interessiert, entlassen zu werden. Findest du nicht, dass das ein ungewöhnliches Verhalten ist? Was denkt sie über ihre Tat? Ist sie verstört? Bereut sie, was geschehen ist? In allen diesen Anstalten gibt es Therapeuten. Hat sie den Versuch gemacht, mit jemandem darüber zu sprechen? Was, glaubst du, hat sie gedacht, als sie dich nach so vielen Jahren wiedergesehen hat? Ist ihr bewusst geworden, dass ihr Leben mit dieser Tat beendet war? Irgendetwas, irgendeine Reaktion wirst du in ihrem Gesicht gelesen haben, die über dein ›sie hat es nicht anders gewollt‹ hinausgeht. Ich wüsste wirklich gern: Wie denkst du eigentlich über deine Großmutter? Verstehst du sie? Machst du wenigstens den Versuch, sie zu verstehen? Oder hast du das große Schweigen, das sie dir vorgelebt hat, inzwischen auch zur Grundlage deines Lebens gemacht?«

Ich hab ihn angestarrt, kaum fähig, auf diesen heftigen Ausbruch zu antworten. Im Grunde wusste ich, dass er recht hatte. Ich versuchte, mich davor zu drücken, Stellung zu beziehen. Ich benutzte die Kränkung, die sie mir als junges Mädchen durch ihr unerwartetes Verschwinden zugefügt hatte, als Ausrede, um mich nicht mit ihr, mit ihrer Geschichte – mit unserer Geschichte? – auseinandersetzen zu müssen.

»Ich weiß nicht«, sagte ich endlich, »ich weiß nicht, was ich tun soll. Manchmal kommt sie mir vor wie ein Mostrum, wie das Überbleibsel einer Zeit, mit der ich nichts zu tun habe und mit der ich nichts zu tun haben möchte. Dann wieder ertappe ich mich dabei, dass ich versuche, sie zu verstehen. Ich schrecke davor zurück, das zu Ende zu denken, weil es mir dann so vorkommt, als sollte ich sie in die Arme nehmen. Ein Monstrum. Ich weiß nicht, was ich tun soll.«

Wir schwiegen beide. Langsam gewann ich meine Fassung zurück.

»Wirst du sie noch einmal besuchen?«, fragte mein Freund.

»Ich weiß es nicht. Im Augenblick sicher nicht. Nein, wahrscheinlich nicht. Diese Stadt war schon anstrengend genug. Man kommt irgendwie mit einer Geschichte in Berührung, die einen gar nichts angeht. Geschichte ist für die Toten. Ich lebe.« So hab ich geantwortet.

Er hat gelacht und gesagt: »Typisch für dich. Gehen wir etwas essen?«

Dora

Heute war der Leiter der Anstalt in meiner Zelle. Ich hatte ihn nicht um seinen Besuch gebeten, deshalb war ich überrascht, als er plötzlich vor mir stand.

»Sie wissen, dass ich mich um Sie besonders bemüht habe«, sagte er. »Es hat nicht an uns gelegen, dass Sie die vielen Jahre allein verbracht haben.«

»Ja«, sagte ich.

»Und Sie wissen, dass Ihre Zeit bei uns nun zu Ende geht. Ich habe gehört, dass Ihre Enkelin bei Ihnen gewesen ist. Werden Sie bei ihr wohnen?«

»Ja«, sagte ich.

Er stand noch einen Augenblick da und sah auf mich herab, bevor er ging. Ich hörte seine Schritte nicht. Nicht das leiseste Quietschen. Vielleicht hatten diese Leute Spezialschuhe, die es ihnen möglich machten, plötzlich aufzutauchen und genauso plötzlich wieder zu verschwinden.

Weshalb dachte ich damals, dass Lisa mich aufnehmen würde? Vielleicht wusste sie inzwischen, was geschehen war. Weshalb ich auf diese Frau geschossen hatte. Aber selbst, wenn sie meinen Brief inzwischen gelesen hatte: Sie kannte nicht die ganze Wahrheit.

Ich träumte nun viel. Manchmal tauchte in meinen Träumen der Pole auf, ein junger Mann damals. Wie alt mochte er jetzt sein?

Im Traum sah er so aus, wie ich ihn kennengelernt hatte. Er saß dann im Prozess auf der Zeugenbank. Manchmal sah er zu mir herüber. Ich spürte nur, dass seine Blicke auf mir ruhten. Ich sah ihn nicht an. Ich saß da, eingesponnen in ein Netz aus Wahrheit und Lügen, das enger und enger wurde, je länger der Prozess dauerte. Ich will nicht mehr hinhören. Ich hörte nicht mehr hin.

Ich wurde wach und war voller Unruhe.

Lisa

In Wirklichkeit fiel es mir nicht leicht, die Geschichte meiner Großmutter zu vergessen, auch wenn ich meinem Freund gegenüber versuchte, so zu tun, als ginge mich das Ganze nichts mehr an.

Es war die Stadt, der trostlose, viel zu große Marktplatz, von Knobelsdorff in Uniform im Hotel, die leeren Straßen in der Dämmerung, die Matratze im Vorgarten des Wohnblocks, an dem ich täglich vorübergegangen war, die müden Gesichter der jungen Paare, die Kinderwagen vor sich her schoben, in denen Kleinkinder mit müden Gesichtern saßen – all das beschäftigte mich mehr, als ich erwartet hatte.

Ich war immer ein realistisch denkender Mensch, eher fröhlich als traurig, eher zupackend als nachdenklich und zögernd. Darüber wunderte ich mich manchmal, denn schließlich hatte ich meine Mutter verloren, als ich klein war, und die Person, die ich noch als junges Mädchen für meine Mutter gehalten hatte, war überraschend verhaftet und verurteilt worden. Das wären ausreichende Gründe dafür gewesen, eher traurig als fröhlich zu werden. Mich hatten diese Schicksalsschläge sehr früh selbständig werden lassen. Ich war vierzehn, damals. Die enttäuschten Gesichter der Leute vom Jugendamt hatten mich belustigt, als sie feststellten, dass meine Wohnung aufgeräumt, die Küche geputzt und die Haushaltskasse in Ordnung war.

Nun spürte ich, dass der Aufenthalt in Pasewalk mich langsam veränderte. Ich begann, mich mit dem Gedanken anzufreunden, dass ich eine Familie und dass diese Familie eine Vergangenheit hatte. An meine Großmutter dachte ich eher selten. Ich stellte mir vielmehr die Stadt von früher vor, als sie noch nicht zerstört war; die Stadt, in der ihre und ja auch meine Familie gelebt hatte. Manchmal hatte ich Lust, am Wochenende dorthin zurückzufahren. Das Stadtarchiv kannte ich nun, und ich wusste, dass dort ein freundlicher Archivar sicher Antworten auf meine Fragen gehabt hätte. Aber wenn ich genauer darüber nachdachte, dann wurde mir klar, dass so ein Besuch sinnlos sein würde. Was wollte ich dort? Die Geschichte wieder lebendig machen?

Ich sprach mit meinem Freund darüber. Ihm war aufgefallen, dass ich mich verändert hatte. An einem Sonnabend im November hatten wir uns zu einem Spaziergang verabredet, unsere übliche Strecke am Wannsee. Wir trafen uns gegen Mittag. Über dem See hing wieder der Nebel, und das Quaken der Enten vom Wasser her klang, als suchten sie einander. Es roch noch nach Herbst, obwohl der Winter bald vorüber sein würde.

»Dein Wetter«, sagte mein Freund.

Er kannte mich gut, trübes Wetter hatte mich schon

immer fröhlich gemacht. Er sagte nicht »Weshalb bist du trotzdem so still«, aber ich wusste, was er gemeint hatte.

»Lass uns da drüben etwas essen«, sagte ich.

Auch mein Verhältnis zu diesem Freund hatte sich verändert. Wir wussten beide, dass er nie meine große Liebe gewesen war. Aber er war ein kluger Mensch, ein rücksichtsvoller Liebhaber, ein einfühlsamer Mann. Ich war immer froh gewesen, mit ihm befreundet zu sein. Er hatte mir das Gefühl gegeben, einen Partner zu haben. Das, so fand ich, war in einer Welt, in der Frauen im Allgemeinen nur akzeptiert sind, wenn sie einen Mann haben oder zumindest einen offiziell gehabt haben, eine ganze Menge. Inzwischen aber war ich an einem Punkt angekommen, an dem ich darüber nachdachte, mich von ihm zu trennen. Ich verstand mich selbst nicht.

Ich hätte mit ihm darüber sprechen können, auch wenn es sich, vielleicht, um ein paar schmerzliche, besonders für ihn schmerzliche Erkenntnisse handeln sollte, die am Ende unseres Gesprächs stünden.

Und dann saßen wir uns gegenüber, und als ich zu reden begann, sprach ich von nichts anderem als von meinen Erinnerungen an diese Stadt. Irgendwann unterbrach er mich.

»Warte einen Augenblick«, sagte er, »ich will noch einen Wein bestellen, und du überleg dir inzwischen, was du wirklich sagen willst.«

Ich überlegte tatsächlich. Es fiel mir nichts ein.

»Ist dir aufgefallen, dass du von Mauern redest, von toten Plätzen, von leeren Straßen, von vernagelten Fensterhöhlen, aber niemals von Menschen? Außer wenn sie mit trüben Gesichtern auf irgendeiner dunklen Straße entlangschleichen. Ist dir aufgefallen, dass du es vermeidest, an die Frau zu denken, die dich auf die Idee gebracht hat, dorthin zu fahren? Du erwähnst sie noch immer nicht, weder sie noch ihre Geschichte. Ist dir das aufgefallen?«

Ich schwieg und sah in mein Weinglas.

Mein Freund schwieg nicht. »Ich muss dir etwas sagen. Es gibt Neuigkeiten. Ich habe mich nach ihr erkundigt. Ich hab doch einen Freund, der in der Justizverwaltung arbeitet.«

»Einen?«, fragte ich.

Er lachte. Als Anwalt kannte er Gott und die Welt. Ich hatte nur versucht, einen Scherz zu machen. Ich wollte seine Antwort hinauszögern, denn ich fürchtete mich vor seinen Neuigkeiten.

»Leider«, sagte er, »hast du dich bisher immer geweigert, mir zuzuhören, wenn ich mit dir über den Prozess von damals sprechen wollte.«

»Ich weiß«, sagte ich, »aber inzwischen weißt du auch, dass sie selbst so freundlich war, mich zu informieren. Aufklärung ist nicht mehr nötig.«

»Du täuschst dich«, antwortete er. »In dem Geständnis an dich stand nur die halbe Wahrheit.«

Ich schwieg und starrte ihn an.

»Erstens hättest du mir eben zuhören sollen«, wiederholte er. »Es ist richtig, dass sie damals diese Frau erschossen hat. Aber es ist nicht richtig, dass ihr Vater der Nazi-Verbrecher war, für den sie ihn zeit ihres Lebens gehalten hat.«

»Das ist nicht wahr«, sagte ich.

Plötzlich wurde mir bewusst, dass ich den Brief, den sie

an mich geschrieben hatte, Wort für Wort auswendig kannte. Ich hatte ihn ein paarmal gelesen. Nun sah ich ihn vor mir. Ich hatte bisher geglaubt, sie verstanden zu haben. Sie hatte mit dieser fremden Frau ihren Vater getötet. Sie hatte ihn bestraft und so das Unheil gerächt, das mit seiner Existenz verbunden gewesen war. Das bereute sie nicht. Sie hatte aber in einer Art Fieberwahn gehandelt und eine falsche Person getötet. Sie war schuldig geworden. Sie hatte ihre Strafe auf sich genommen.

So verstand ich ihre Worte an mich, und ich war dabei, mich mit dem Gedanken vertraut zu machen, diese Erklärung zu akzeptieren.

»Das ist nicht wahr«, wiederholte ich; beherrscht, wie ich glaubte. Trotzdem wandten sich ein paar Gesichter vom Nachbartisch zu uns herüber.

»Und zweitens? Du hast erstens gesagt.«

»Zweitens wird sie in ein paar Tagen entlassen, und die Gefängnisverwaltung geht davon aus, dass sie bei dir wohnen wird.«

Ich begann zu lachen.

Dora

Eines Morgens kam eine Frau zu mir, die sich als Sozialarbeiterin vorstellte. Ich kannte sie nicht. Offenbar war sie neu im Gefängnis.

»Ich komme zu Ihnen, um mich vorzustellen, obwohl wir das Vergnügen unserer Bekanntschaft ja nur noch kurz haben werden.«

Ich schwieg und sah sie an. Sie mochte dreißig oder auch vierzig Jahre alt sein, trug einen blauen Pullover, einen zu kurzen Rock und weiße Socken in weißen Turnschuhen. Ihr Gesicht war freundlich und vollkommen leer. Ich war nicht ihr erster und nicht ihr letzter Fall. Ich war ihr genauso gleichgültig wie sie mir.

»Sie können sich ja vorstellen, weshalb ich hier bin«, sagte sie.

Ich schwieg und sah sie an. Sie setzte sich und legte sich eine Mappe auf den Knien zurecht. Ihre Knie sahen wie zwei knubbelige Fleischberge unter dem Rand der Mappe hervor. Wahrscheinlich war sie älter als vierzig.

»Der Chef hat mich darüber informiert, dass Sie für den Anfang bei Ihrer Enkelin wohnen werden.«

Ihre Stimme hatte nun einen geschäftsmäßigen Ton. Sie hielt ein Formular in der Hand, das sie sich auf der Mappe zurechtlegte.

»Wir brauchen die Adresse Ihrer Enkelin.«

Sie sah mich erwartungsvoll an. Als ich nicht sofort antwortete, zogen sich ihre Augenbrauen zusammen. Am liebsten hätte sie »Raus mit der Sprache« gebrüllt, kein Theater, raus mit der Sprache, aber man hatte ihr gesagt, sie solle freundlich mit mir umgehen.

»Es wäre vielleicht nett …«, begann sie.

»Ich habe die Adresse nicht.«

Einen Augenblick lang war die Frau verblüfft, aber sie fing sich sehr schnell.

»Was soll das heißen: Sie haben die Adresse nicht? Ich denke, Ihre Enkelin hat Sie hier besucht. Sie wird Ihnen doch wohl zumindest gesagt haben, wo sie zu finden ist, wenn Sie hier raus sind.«

»Ich habe sie nicht danach gefragt«, sagte ich.

Die Frau starrte mich an, als hätte ich irgendetwas Ekelhaftes an mir. Es fiel mir schwer, sie noch länger zu ertragen. Also stand ich auf.

»Lassen Sie mich in Ruhe«, sagte ich. Ich sprach langsam und deutlich.

Sie erschrak ein bisschen. Vielleicht war ich doch nicht so friedlich, wie man ihr gesagt hatte?

Sie stand schnell auf, stopfte das Papier zurück in ihre Mappe und wandte sich zum Gehen.

»Wie Sie wollen«, sagte sie. »Es ist schließlich Ihr Leben.«

Damit hatte sie recht.

Erst als sie schon ein paar Minuten verschwunden war, spürte ich, dass mich der Besuch nicht so ruhig zurückgelassen hatte, wie ich es mir gewünscht hätte. Mein Herz schlug heftig, und als ich vom Stuhl aufstand, um die Zellentür zu schließen, spürte ich, dass meine Knie weich waren. Ich legte mich auf das Bett, schloss die Augen und versuchte, ruhiger zu werden.

Ich wusste, dass Lisa noch immer in dem Haus wohnte, aus dem die Polizei mich vor siebzehn Jahren abgeholt hatte. Ich wusste nicht, ob sie dort allein lebte. Aber selbst, wenn sie inzwischen ihr Leben mit jemandem teilte, würde im Haus genug Platz für mich sein. Ich stellte mir die Räume vor, und mir wurde klar, dass ich gern dorthin zurückgehen würde. Aber ich wusste auch, dass ich ohne ihre Aufforderung nicht zurückgehen könnte.

War sie inzwischen nach Pasewalk gefahren? Hatte sie meinen Brief bekommen? Hatte sie verstanden, weshalb ich schuldig geworden war? Würde sie mir verzeihen?

Schließlich schlief ich ein, unruhig und mit wirren Träumen, und fuhr erschreckt hoch, als die Tür aufgerissen wurde. Der Wagen mit dem Abendessen stand in der Öffnung.

»Schwarzer Tee, Pfefferminztee, Hagebuttentee.«

Ich hasste diese Stimme. Ich hasste sie seit zwei Jahren, seit dieses dämliche Weib das Abendbrot brachte. Die Frau war dick, so dick, dass es ihr schwerfiel, sich zu bewegen. Und sie war dumm, so unendlich dumm, dass sie noch immer nicht genau begriff, weshalb man sie eingesperrt hatte. Ich interessierte mich nicht für die Taten der anderen, aber ohne es zu wollen, wusste man irgendwann alles über alle. Die hier hatte zwei ihrer Säuglinge umgebracht. Wenn man sie gelassen hätte, wären es wohl im Lauf ihres Lebens noch mehr geworden. Aber irgendjemandem war etwas aufgefallen. Und nun verbrachte sie ein paar Jahre hinter Gittern, heulte nachts, weil sie sich, allein in der dunklen Zelle, fürchtete, und stierte am Tag die meiste Zeit stumpfsinnig vor sich hin. Nur dass sie seit einiger Zeit das Abendessen austeilen durfte, munterte sie etwas auf. Ich nahm immer Hagebuttentee. Natürlich war sie zu blöd, sich das zu merken.

Und dann, während ich den Teller mit Broten und den Becher mit Tee entgegennahm und dabei in das Gesicht dieser beinahe schwachsinnigen Frau sah, wurde mir plötzlich klar: Ich komme hier raus. Ich muss diese Frau und alles andere, den langweiligen Hofgang, die schnatternden Frauen, die Zusammenbrüche, wenn sie von ihren Männern verlassen werden, das Geschrei, wenn sie ihre Kinder nicht bei sich behalten dürfen – ich muss das alles nicht mehr lange ertragen. Ich werde bald frei sein.

Eine große Ruhe kam über mich, und ich setzte mich an den Tisch, den Rücken zur Tür, die nur angelehnt war, und ich spürte plötzlich, dass ich gleich weinen würde. Es war das erste Mal, dass ich im Gefängnis weinte, und ich verbot es mir nicht.

Lisa mit ihrem Freund im Restaurant

Das war sie also, seine Neuigkeit: Dora hatte sich in ihrem Vater getäuscht. Und nun würde sie entlassen werden und sollte bei mir einziehen. Ich habe lange und laut gelacht. Aber je länger ich lachte, desto deutlicher wurde mir: Ich lachte, um mir Mut zu machen; so, wie man im dunklen Wald singt, wenn man hofft, damit die Räuber zu vertreiben. Ich beruhigte mich also wieder und saß eine Weile stumm da. Ich wollte die Dinge verstehen, die mir neu waren und zu denen ich mich so oder so verhalten musste, wenn ich sie verstanden hatte.

Erstens war meine Großmutter nicht nur dadurch schuldig geworden, dass sie in dem Wahn, die Verbrechen ihres Vaters rächen zu müssen, eine unschuldige Frau erschossen hatte, sondern sie war sozusagen »doppelt schuldig«, weil ihr Vater nie der Verbrecher gewesen war, für den sie ihn gehalten hatte.

Und zweitens bestand offenbar die Absicht, sie in das Haus zu entlassen, in dem sie bis zu ihrer Tat gewohnt hatte; das zwar inzwischen mir gehörte, in dem sie aber den größten Teil ihres Lebens verbracht hatte.

»Aber das ist doch nicht möglich«, sagte ich und ich muss dabei ziemlich ratlos ausgesehen haben.

»Was«, sagte mein Freund, »was, glaubst du, ist nicht möglich?«

»Alles. Alles eben. Dass sie eine Unschuldige umbringt, meinetwegen im Fieber, und dann stellt sich heraus, dass da nicht nur ein Irrtum in der Person, sondern auch noch in der Sache vorgelegen hat. Ich glaube das nicht. Du hast mir immer vorgeworfen, dass ich mich nicht um sie gekümmert habe. Um die arme Frau, die mutterseelenallein in ihrer Zelle sitzt. Aber ich sage dir, ich weiß sehr wohl, weshalb ich es nicht getan habe. Weil ich sie nämlich kenne. Natürlich habe ich ihr übelgenommen, dass sie mich alleingelassen hat. Aber das war nicht der eigentliche Grund. In Wirklichkeit war es so, dass sie mich sehr gut kannte. Sie wusste sehr wohl, dass sie mich alleinlassen konnte. Sie wusste, ich würde es schaffen. Sie hat nie etwas getan, das sie sich vorher nicht genau überlegt hätte. Und sie hätte nie auf jemanden geschossen, der unschuldig war. Wenn sie auf ihren Vater geschossen hat, dann war er ein Verbrecher. Darüber war sie informiert. Das kannst du mir glauben.«

Ich war aufgesprungen und stand über den Tisch gebeugt, während ich versuchte, ihm zu erklären, dass er sich täuschte. Mein Freund sah mir ruhig zu. Er wartete einfach ab. Irgendwann saß ich ihm wieder gegenüber.

»Du täuschst dich in ihr«, sagte er. »Wenn sie wirklich immer so überlegt gehandelt hätte, wie du glaubst, dann wäre ihr Verhalten im Prozess ein anderes gewesen.«

»Ich denke, sie hat damals geschwiegen?«

»Eben«, sagte mein Freund. »Sie hat geschwiegen. Sie hat auch dann keinerlei Reaktion gezeigt, als die Wahrheit über ihren Vater ans Licht kam.«

»Wir hatten abgemacht, dass du mich mit diesem Prozess in Ruhe lässt.«

»Ja«, sagte mein Freund. »Das hatten wir abgemacht. Ich begreife langsam, weshalb du darauf bestanden hast. Weil es nämlich offenbar in eurer Familie so üblich ist, sich vor Tatsachen zu drücken. Unbequeme Wahrheiten werden sicherheitshalber nicht zur Kenntnis genommen. Sie könnten euren Seelenfrieden stören. Womöglich würden sie an dem edlen Selbstbild kratzen, das ihr euch gebastelt habt. Deine Großmutter und du, ihr seid euch verdammt ähnlich. Das kannst du mir glauben.«

Er war wütend, so wütend, wie ich ihn noch nicht gesehen hatte. Um ihn zu beruhigen, sagte ich leise: »Du kennst sie doch gar nicht.«

Er antwortete nicht sofort. Er wartete, bis er seine Stimme wieder in der Gewalt hatte.

»Das stimmt«, sagte er. »Aber ich kenne die Akten. Und ich weiß, dass alles, was darin steht, auch im Prozess vorgetragen worden ist. Deshalb weiß ich, dass sie die Wahrheit kennt.«

Mir war klar, dass ich nicht mehr ausweichen konnte.

»Erzähl's mir«, sagte ich, seufzte ein wenig und lächelte.

Er ist endlich am Ziel, dachte ich. Die ganze Zeit hat er auf diesen Augenblick hingearbeitet. Ich will nicht darüber nachdenken, was seine Gründe waren. Ich will wissen, was er zu sagen hat. Und dann will ich ihn nicht mehr sehen.

»Ich muss etwas ausholen«, sagte er, »aber keine Angst, es wird trotzdem nicht allzu lange dauern. Natürlich geht es um den Prozess, wie du dir denken kannst. Er hat ziemlich viel Staub aufgewirbelt damals. Weil der Mord in Polen geschehen war, kam es am Anfang sogar zu politischen Verwicklungen; hätte es kommen können. Aber auf dieser Ebene einigte man sich überraschend schnell, die Angelegenheit ausschließlich als persönliche Straftat zu werten und die Ahndung der deutschen Strafjustiz zu überlassen. Dadurch, dass deine Großmutter die Dinge, die sie als Beweisstücke für die Untaten ihres Vaters ansah, dem Museum übergeben hatte, bekam die Geschichte auch noch eine besondere Anschaulichkeit. Das Museum reichte die Sachen weiter, und irgendein bestochener Polizist gab Fotos davon an eine gewisse Zeitung. Auf deren erster Seite waren dann bunte Bänder mit den entsprechenden Kommentaren abgebildet. ›Zaumzeug‹ war noch das Mildeste, was man lesen konnte. Dazu Bilder von der Mordwaffe und einem Fotoapparat, ziemlich altmodisch, alle beide. Du kannst dir denken, dass in einem solchen Fall, über den alle Welt redet, die Politiker von links bis rechts nicht abseitsstehen wollten. Immer mit dem Hinweis darauf, dass selbstverständlich nur dem Gericht ein endgültiges Urteil zustünde, gab es Kommentare in jeder Preislage, mit Fotos der Damen und Herren, versteht sich, und immer mit der heimlichen Hoffnung: Wenn das Gericht in meinem Sinn entscheidet, habe ich Grund, noch einmal in der Presse zu erscheinen. Dabei wusste niemand etwas Genaues. Die Zeitungen versuchten natürlich, das private Leben deiner Großmutter auszuforschen. Das war auch der Grund, weshalb du für eine Weile ins Ausland geschickt wurdest. Sie wollte dir nicht zumuten, von diesen Aasgeiern überfallen zu werden.«

»Dafür hat sie gesorgt?«

Plötzlich erinnerte ich mich wieder an diesen mir vollkommen unbekannten Mann, der ins Haus gekommen war und mir unmissverständlich klarmachte, dass er mich im Auftrag meiner Großmutter in ein Internat bringen würde. Ich erinnerte mich daran, wie sehr ich geweint habe bei dem Gedanken, meine Freundinnen verlassen zu müssen. Ich erinnerte mich daran, wie ich geschrien habe, als er versuchte, mir zu erklären, weshalb meine Großmutter es besser finde, wenn ich eine Zeitlang nicht in dem Haus lebte, das mir sehr bald gehören würde. Ich wollte ihm nicht zuhören. Ich wollte nichts mehr mit ihr zu tun haben. Ich hab sie gehasst für das, was sie mir antat.

Ich erinnerte mich auch daran, wie schnell ich mich im Internat wohl gefühlt habe. Eine Weile schämte ich mich vor mir selbst für mein Theater. Aber ziemlich schnell hatte ich mir auch Entschuldigungen zurechtgelegt. Schließlich war ich die Überraschte, die Benachteiligte, die mit dem ungewöhnlichen Schicksal. Und ich begann, mich in dieser Rolle wohl zu fühlen.

Bis heute, dachte ich, bis heute hast du dich wohl gefühlt.

»Dafür hat sie gesorgt«, wiederholte er. »Man fand in eurem Haus die entsprechenden Hinweise, Anordnungen sozusagen, auch die Urkunde, aus der hervorging, dass sie dir das Haus überschrieben hatte. Ihr Anwalt hat sich darum gekümmert. Für sie selbst hatte das allerdings fatale Folgen.«

»Weil diese Vorsorge dazu beitrug, vor Gericht den Anschein zu verstärken, dass die Tat vorsätzlich begangen worden war«, sagte ich.

»Ja. So war es. Und dazu kam, dass sie an einen außerordentlich gründlichen Staatsanwalt geraten war.«

»Du sagst das mit einem besonderen Unterton?«

»Ich kenne keinen Fall, in dem sich jemand bei der Wahrheitsfindung solche Mühe gegeben hat. Der Mann kommt mir vor wie ein Bluthund, der einen winzigen Tropfen Blut gerochen hat und dadurch so in Raserei geraten ist, dass er sucht und sucht, bis er fündig wird. Staatsanwälte sind dazu da, im Prozess sowohl belastende als auch entlastende Tatsachen für die Angeklagten zu präsentieren. Dieser hier war geradezu versessen darauf, entlastendes Material für den Vater deiner Großmutter zusammenzutragen. Je unschuldiger dieser Vater war, desto schuldiger wurde die Angeklagte.«

»Und das ist ihm gelungen?«

»Ja. Dieser Staatsanwalt kannte sich aus. Und natürlich standen ihm auch alle Hilfsmittel zur Verfügung. Die linke Presse fand heraus, dass er aus einer Familie kam, in der es schon während der Nazizeit erfolgreiche Staatsanwälte gegeben hatte. Seine Motivation war klar. Ihm lag weniger daran, die Angeklagte zu belasten, als die Generation ihrer und seiner Eltern reinzuwaschen.«

»Und bei diesem Unternehmen ist dann herausgekommen, dass der Vater meiner Großmutter unschuldig war.«

»So ist es. Jedenfalls unschuldig in dem Sinn, dass er Verbrechen begangen hätte, die nicht verjähren.«

»Wie Mord.«

»Es wurde zweifelsfrei nachgewiesen, dass ihr Vater, der zwar Mitglied der Nazipartei und auch der SS gewesen war, niemals mit Verbrechen, wie sie die Wehrmacht und die Waffen-SS begangen haben, etwas zu tun hatte. Der Staatsanwalt hat sogar nachweisen können, dass der Mann auf den Fotos in dem Museum in Polen nur Ähnlichkeit mit ihrem Vater hatte. Er war's aber nicht.«

»Und wie hat sie darauf reagiert?«

»Gar nicht.«

»Was heißt das: gar nicht?«

»Sie blieb stumm. Auf Fragen des Gerichts hat sie nicht geantwortet. Wegen ihres ungewöhnlichen Verhaltens hat das Gericht eine psychiatrische Untersuchung angeordnet. Schließlich musste festgestellt werden, ob sie überhaupt in der Lage war, dem Prozess zu folgen. Übrigens war auch der Staatsanwalt sehr an diesem Gutachten interessiert. Er war sicher, dass sie nicht psychisch krank war. Manchmal macht Hass eben hellsichtig. Der Gutachter hat dann auch nichts anderes festgestellt als eine bewusste Verweigerung der Kooperation mit dem Gericht. Das und die sozusagen doppelte Sinnlosigkeit ihrer Tat und die Anordnungen, die sie in Bezug auf deine Person getroffen hatte, das alles zusammen ließ dem Richter gar keine andere Wahl, als sie wegen vorsätzlichen Mordes zu verurteilen.«

»Aber wenn das alles richtig war, dann hatte sie kein Motiv.«

»Du bist ein kluges Kind. Natürlich hätte sie bei dieser Sachlage kein Motiv gehabt. Aber die Frau war tot. Und sie hatte geschossen. Ich habe auch noch nie eine Urteilsbegründung gelesen, die so weit hergeholt, so vage gewesen wäre. Sie hat selbstverständlich darauf verzichtet, Rechtsmittel einzulegen. Und der Staatanwalt war erleichtert. Er war am Ziel seiner Wünsche. Weshalb sollte er an dem Urteil etwas auszusetzen haben. Es hatte sich herausgestellt, dass es auf der Weste der Generation seiner Eltern weniger Flecken gab, als man allgemein immer noch annahm. Das war übrigens sein letzter großer Prozess. Er ist bald darauf pensioniert worden. Allerdings nicht, ohne uns zwei seiner Söhne als würdige Nachfolger zu hinterlassen. Wobei der eine offensichtlich aus der Art geschlagen ist. Aber das ist eine andere Geschichte.«

Wir schwiegen beide.

»Verstehst du, weshalb sie nicht darauf reagiert hat, als sie erfuhr, dass ihr Vater nicht der Verbrecher gewesen war, für den sie ihn bis dahin gehalten hatte?«, fragte ich.

»Ich bin kein Psychologe, aber ich könnte mir denken, dass sie einfach aufgehört hat zuzuhören, als ihr klarzuwerden begann, dass ihre Lebenslüge in Gefahr geriet. Das ist wohl ein ganz normaler Vorgang. Viele Menschen handeln so, ohne dass darüber gesprochen wird. Denk doch nur an den Satz ›Augen zu und durch‹, Volksweisheit sozusagen, weit verbreitet. Erinnere dich daran, was sie an dich geschrieben hat. Alle Erinnerungen an ihre Kindheit waren davon besetzt, dass ihr Vater ein Verbrecher gewesen war. Vielleicht hätte sie ihn gern geliebt. Alle kleinen Mädchen lieben ihren Vater, wenn er sie nicht gerade misshandelt, und manche auch noch dann. Ihr war diese Liebe verwehrt. Sie hatte sich damit abgefunden, dass das für sie nicht möglich war, und sicher oft darüber nachgedacht, was sie ihm antun könnte, um ihn dafür zu bestrafen. Und nun sollten sich diese lebenslangen Quälereien als sinnlos herausstellen? Sie hat einfach weggehört, glaub mir.«

»Im Gefängnis wird sie Zeit genug gehabt haben, über alles nachzudenken. Sie hat aber auf mich nicht den Eindruck einer Frau gemacht, die zur Besinnung gekommen ist. Auch in ihrem Brief findet sich keine Andeutung.«

»Wir wissen nicht, was sie in den vergangenen siebzehn Jahren gedacht hat. Unter anderem deshalb nicht, weil du es vorgezogen hast, sie nicht zu besuchen.«

Ich hatte keine Lust, darauf zu antworten. Je länger wir uns über die Geschichte meiner Großmutter unterhielten, desto deutlicher begann ich, meinen Freund als Eindringling zu empfinden. Andererseits war er der einzige Mensch, mit dem ich darüber sprechen konnte. Um ihn von den Dingen, die mir allzu persönlich erschienen, weil sie mit meiner Familie zu tun hatten, abzulenken, fragte ich ihn: »Was ist eigentlich aus dem Polen geworden, von dem sie geschrieben hat?«

»Ich weiß es nicht«, sagte mein Freund.

Das fand ich seltsam. Immerhin war seine Frau erschossen worden. Zumindest als Nebenkläger hätte er im Prozess eine Rolle spielen müssen.

»Und? Wie hast du dich nun entschieden?«, fragte er.

»Entschieden?«

»Hast du vergessen, worum es wirklich geht? Sie wird entlassen.«

Ich hatte es nicht vergessen. Aber ich wollte allein sein, wenn ich darüber nachdachte. Das sagte ich ihm. Wie immer war er beleidigt und einsichtig zugleich. Wir verabredeten uns für einen der nächsten Abende. Wir verließen das Restaurant nicht gemeinsam, und als ich ihm nachsah und seine Schritte hörte, die sich entfernten, war ich erleichtert. Es ist nicht angenehm, jemanden zur Seite zu haben, der jede Reaktion analysiert, auch wenn er es gut meint.

Dora

In zwei Tagen würde ich entlassen werden. Man hatte mir mitgeteilt, dass ich etwa 700 Euro angespart habe, die mir bei meiner Entlassung ausgehändigt werden würden. Ich hatte darum gebeten, vorher einen kleineren Betrag zu bekommen. Das hatte man mir zugestanden, so dass ich eine Tasche gekauft habe, in die ich die wenigen Dinge packen würde, die ich von hier mitnehmen wollte. Manchmal dachte ich, dass ich Angst haben sollte vor dem, was mich da draußen erwartet. Aber ich hatte keine Angst. Ich wusste, dass ich den Klang der Tür, wenn sie hinter mir ins Schloss fiele, mit Entzücken hören würde. Ich sah mich die Straße entlanggehen, Bäume betrachten, Vögel hören, Sonne im Gesicht spüren. Oder Regen. Oder Wind. Am liebsten alles zusammen. Ich lebe, würde ich denken. Ich lebe.

An der ersten Straßenbahnhaltestelle würde ich vorübergehen. Das Gefühl, frei zu sein, würde ich noch etwas länger für mich allein auskosten.

Es gibt keine Straßenbahnen mehr. Natürlich. Aber irgendetwas würde es geben, U-Bahn, S-Bahn, einen Bus. Ich wollte zum Ku'damm fahren und mich in ein Café setzen und dort sitzen bleiben, bis ich mich entschieden hätte, was ich als Nächstes tun würde. Ich hatte etwas Geld. Ich hatte eine Liste mit Adressen von vorläufigen Unterkünften. Ich war gesund, alt und gesund. Ich konnte Haushalte in Ordnung halten, Kinder beaufsichtigen, Hunde ausführen – kleine Hunde, ich war nicht besonders stark. Es würde sich etwas finden, was ich tun könnte.

»Machen Sie sich keine Illusionen«, hatte der Leiter der Anstalt gesagt, der nach dem Desaster mit der Sozialarbeiterin noch einmal zu mir gekommen war. »Sie werden von sehr wenig staatlicher Unterstützung leben und die winzige Wohnung, die man Ihnen, wenn Sie Glück haben, zuweisen wird, liegt in einer hässlichen Gegend. Sie wird aus einem einzigen Raum bestehen. Und wenn die Wände in der Dusche nicht verschimmelt sind, dann können Sie froh sein. Geben Sie mir die Erlaubnis, Ihre Enkelin anzurufen. Ich erledige das gern für Sie.«

»Nein«, antwortete ich.

Aber es gelang mir ein Lächeln, während ich ihn ansah, und ich bemerkte sein Erstaunen.

»Eben habe ich Sie zum ersten Mal in siebzehn Jahren lächeln sehen«, sagte er. »Sie sind eine merkwürdige Frau.«

»Ich war eine Gefangene«, antwortete ich, »jetzt bin ich frei.«

Der Pole

Der Mann, dessen Frau Dora vor siebzehn Jahren erschossen hat, heißt Jan Wieczorek. Für ihn ist das alles lange her. Sein Leben hat sich seit damals sehr verändert.

Diese Deutsche – damals glaubte er, sie sei die Liebe seines Lebens. Er war jung, Anfang zwanzig, da sind solche Gefühle nicht ungewöhnlich. Die beiden hatten sich auf einem Schiff kennengelernt, das zwischen Kiel und Gdańsk verkehrte. Jan hat auf dem Schiff in den Semesterferien als Maschinist gearbeitet, im letzten oder vorletzten Semester. Die Fracht bestand hauptsächlich aus beladenen Lkws und den dazugehörigen Fahrern. Ziemlich wilde Passagiere. Es war Nacht, als er die Deutsche zum ersten Mal sah. Er hat sich gewundert, dass sie sich allein an Deck bewegte, bei den Kerlen, die auf dem Schiff unterwegs waren. Angst schien sie jedenfalls nicht zu haben.

Im Sommer ist es in den Maschinenräumen noch unerträglicher als sonst. Als Heizer war man froh, wenn es in der Nacht kühler wurde und man Zeit hatte, einen Augenblick lang an Deck Luft zu holen. Jan empfand es trotzdem als ein Geschenk, dass er die Gelegenheit hatte, im August nachts auf einem Schiffsdeck in der Ostsee zu sein. Im August, da gibt es dort Nächte, in denen man glaubt, in einem Roman Joseph Conrads zu leben.

»Die Schattenlinie« ist einer seiner Lieblingsromane:

Dann und wann kam auch Wind auf, doch er war launenhaft und trügerisch. Er erweckte Hoffnungen, nur um sie in bittere Enttäuschung zu stürzen; er versprach Vorwärts-

kommen und endete mit verlorenen Seemeilen, er hauchte Seufzer aus, die in lautloser Stille dahinstarben …

Er war damals ein höchst romantischer junger Mann. Joseph Conrad war der Schriftsteller, den er am meisten liebte. Heute liest er seine Bücher immer noch, aber ganz anders als damals. Romantische Gefühle weckt Conrad nicht mehr in ihm. Dafür glaubt er, ihn erst jetzt wirklich zu verstehen.

Damals … Er stieg also an Deck, schmutzig, wie er war. Mitten in der Nacht rechnet niemand damit, dass sich dort noch Passagiere aufhalten, und bei den Lkw-Fahrern wäre es sowieso egal gewesen, wie er aussah. Oben war es so still, dass man – wäre nicht das Geräusch der Maschine gewesen – hätte glauben können, das Schiff bewege sich nicht. Die Frau stand in Höhe der Brücke, auf dem schmalen Platz vor der Tür, an der das Schild mit der Aufschrift »Brücke, Zutritt verboten« angebracht war. Sie trug irgendetwas Weißes, das er am Anfang für ein Nachthemd hielt, später stellte sich heraus, dass das Nachthemd ein eleganter Staubmantel war, leicht und kostbar, so wie ihm die ganze Person damals erschien. Sie müssen ein seltsames Paar abgegeben haben: er, schwarz und schmutzig, und sie …

Vielleicht war es diese merkwürdige, ungewöhnliche Stille, die ihn ermunterte, sie anzusprechen, vielleicht auch nur die Tatsache, dass sie ihm freundlich entgegensah.

Sie haben sich sofort verstanden. Sie war ein paar Jahre älter als er. Er war fasziniert von ihrer Stimme, ihrer Eleganz, ihrer Zurückhaltung, hinter der sich, das spürte er ganz deutlich, der Wunsch nach körperlicher Nähe verbarg. Sie verliebten sich sofort ineinander. Was für ein Irrsinn!

Die beiden haben geheiratet, nachdem er sein Examen geschafft hatte. Sie ist nie nach Polen gekommen, jedenfalls nicht in der Zeit, in der er mit ihr zusammen war. Bis auf diese letzte Reise. Weshalb sie damals auf dem Schiff gewesen ist, weiß Jan bis heute nicht. Als sie geheiratet hatten, ist er dann nach Deutschland gegangen, nach Kiel, wo sie ein kleines Hotel besaß, klein, aber fein. Da hat er gearbeitet. Das war ein Fehler. Aber er hatte kaum andere Möglichkeiten. Sein Examen wurde in Deutschland nicht anerkannt. Er hat »unter ihr« gearbeitet, wie man so sagt. Das war seinem Ansehen in ihren Augen nicht zuträglich.

Jan Wieczorek spricht ungern darüber, wie quälend der Prozess der Entfremdung war. Vielleicht ist »Entfremdung« auch nicht das richtige Wort für das, was mit den beiden geschah. Sie kannten sich ja gar nicht. Sie waren nur verliebt gewesen und hatten geheiratet. Erst dann kam das Kennenlernen.

Dabei liebte er sie noch lange. In ihren Augen ist er dagegen ein ziemlich kläglicher Anblick gewesen. Seine Versuche, über ihre zunehmende Kälte hinwegzusehen, sind ihr lächerlich vorgekommen. Er war in ihren Augen »kein Mann«.

Diese Reise nach Polen, auf der dann das Unglück geschah, hätte mit ihrer Trennung geendet. Das war sicher. Jan wollte nach Hause zurück. Er hatte einen Beruf, in dem er arbeiten wollte. Und dann kam diese Nacht, in der er mit ihr darüber sprach. Sie waren in der Bar des Hotels gewesen, und er hatte seine Frau ein letztes Mal beobachtet, so, wie man es tut, wenn man prüfen will, ob die Entscheidung, die man treffen wird, richtig ist. Sie war richtig, davon war er am Ende des Abends überzeugt.

Für seine Frau kam sie überraschend. Sie hatte sich großartig unterhalten mit irgendwelchen Deutschen, die gekommen waren, ihre Ländereien wieder in Besitz zu nehmen. Das war damals nicht einfach. Dem polnischen Staat war daran offiziell nicht gelegen. Aber die Methode, über Strohmänner, die man gut bezahlt, Land zurückzugewinnen, ist ja bekannt. Man unterhielt sich, gab sich gegenseitig Tipps. Hin und wieder traf ihn ein triumphierender Seitenblick, aber das machte ihm schon gar nichts mehr aus. Als sich die Gruppe zur Ruhe begab, nahm seine Frau seinen Arm. Sie war bestens gelaunt.

»Endlich mal wieder mit vernünftigen Leuten zu sprechen, ist doch ein besonderes Vergnügen«, sagte sie.

Als er ihr, im Zimmer angekommen, seinen Entschluss mitteilte, lachte sie zuerst. Er versuchte dann, ihr begreiflich zu machen, dass es ihm ernst war. Schließlich hat sie ihn verstanden.

»Bin ich also frei?«, sagte sie.

Diese Worte hat er nie vergessen. Es war so, als würde sie etwas Lästiges beiseitewerfen, das sie schon zu lange daran gehindert hätte, sie selbst zu sein. Er hat ihr nicht geantwortet.

Sie ging nach draußen auf den Balkon. Dort wurde sie dann erschossen.

Er hat zuerst überhaupt nicht verstanden, was geschehen war. Der Schuss war nicht laut. Er sah, wie sie das Geländer losließ und langsam auf den Boden rutschte. Er stand auf und ging zu ihr. Einen Augenblick lang, aber nur einen sehr kleinen Augenblick lang, dachte er, sie hätte ihm etwas vorgespielt. Erst als er sich über sie beugte, sah er, dass sie tot war. Er versuchte trotzdem, sie aufzuheben. Das war schwierig. Er wusste nicht, wie er sie anfassen sollte. Außerdem fühlte er sich irgendwie schuldig. Vollkommener Blödsinn, sagte er später. Jedenfalls habe er eine ganze Weile gebraucht, um mit der Situation fertig zu werden. Da war die Frau von nebenan schon weg. Ihm war am Anfang auch gar nicht klar, dass sie es gewesen sein musste, die geschossen hatte. Er war die ganze Zeit so in seinem Unglück befangen gewesen, dass er die Frau im Nebenzimmer kaum wahrgenommen hatte. Sie war ihm erst kurz vorher in der Bar aufgefallen. Später glaubte er, dass sie dort versucht hatte, mit ihm Kontakt aufzunehmen. Er war da aber zu sehr mit sich und seiner unglücklichen Ehe beschäftigt, um darauf einzugehen. Der Schuss hätte von überall kommen können. Sogar ihn selbst hatte die Kriminalpolizei ein paar Stunden lang in Verdacht. An die Frau, die abgereist war, dachte niemand. Eine ältere Dame, still und zurückhaltend, elegant angezogen, aber eher eine unauffällige Eleganz. Es kam einfach niemand auf die Idee, sie mit der Tat in Verbindung zu bringen. Außerdem, um genau zu sein, an der Rezeption des Hotels war man nicht besonders aufmerksam. Abends und nachts saß dort oft niemand. Es war leicht, unbemerkt abzureisen. Das ist wahr. Jan glaubt noch heute nicht, dass der Mörder gefunden worden wäre, hätte sie sich nicht selbst angezeigt.

An dem Prozess gegen sie nahm er nicht teil. Aus Gründen, die er nicht genau kennt, hatte man sich höheren Orts darauf geeinigt, ihn in Deutschland stattfinden zu lassen. Er bestand darauf, seine Aussage schriftlich zu machen. Es kam dann eine Abordnung der Staatsanwaltschaft aus Kiel, um sie aufzunehmen. Sein Wunsch, nicht nach Deutschland zurückzukehren, wurde respektiert. Immerhin hatte eine Deutsche seine Frau erschossen. In Wirklichkeit war es wohl eher so, dass er vergessen wollte, so schnell wie möglich vergessen, was für ein Riesenidiot er gewesen war. Die überstürzte Heirat, die Erniedrigungen, die er sich hatte gefallen lassen, das Studium, aus dem er nichts gemacht hatte. Er wusste, er musste noch einmal neu anfangen

Und das tat er. Er ließ das Hotel in Kiel verkaufen und legte das Geld gut an. Dann studierte er noch einmal, nicht ganz von vorn, aber auch nichts, was mit aktiver Seefahrt zu tun hatte. Seine Zukunft lag auf dem Land. Nur dass Joseph Conrad sein Lieblingsschriftsteller ist, das ist so geblieben. Wer kann schon Situationen schildern wie diese:

Als ich meine Blicke wieder dem Schiff zuwandte, hatte ich die krankhafte Vision, es sei ein schwimmendes Grab. Hat man nicht schon von Schiffen gehört, die man zufällig irgendwo treibend mit einer toten Mannschaft auffand?

Oder:

Es gibt Augenblicke, in denen ich nicht allein fühlte, dass ich verrückt werden würde, sondern dass ich schon verrückt war, Augenblicke, in denen ich nicht wagte, den Mund aufzumachen, aus Angst, mich durch einen Schrei zu verraten.

Das ist einfach wunderbar.

Lisa

Ich dachte so lange darüber nach, was ich tun sollte, bis es zu spät war. Aber ich brauchte diese Zeit. Ich brauchte sie, um mir die Situation klarzumachen, in der wir beide, meine Großmutter und ich, uns befanden. Ich besaß dieses Haus, das ich liebte; das sie mir geschenkt hatte; in dem Platz genug für zwei Menschen war. Aber ich war daran gewöhnt, allein zu wohnen. An den Wochenenden besuchte mich manchmal mein Freund. Wenn er da war, verhielten wir uns völlig ungezwungen, liefen nackt herum, frühstückten in Morgenmänteln, lagen stundenlang im Bett und lasen. Es wurde selten gekocht. Wenn wir Hunger hatten, bestellten wir irgendetwas am Telefon oder gingen aus. Unsere gemeinsamen Wochenenden verliefen harmonisch und manchmal ein wenig langweilig. Wenn mein Freund am Sonntagnachmittag das Haus verließ, war ich froh, wieder allein zu sein. Ich bereitete meine Arbeit für die Woche vor, ging eine Stunde spazieren und schlief entspannt ein. Mein Leben war in den vergangenen Jahren ruhig und angenehm verlaufen, und irgendwie glaubte ich, ein Anrecht darauf zu haben, dass es so weiterging. War mir nicht als Kind Übles genug widerfahren? Ich hatte meine Eltern verloren. Ich war bei einer Großmutter aufgewachsen, die zur Mörderin geworden war. Sicher, sie hatte sich um mich bemüht. Eine Zeitlang war es mir bei ihr gutgegangen. War deshalb mein Erschrecken bei ihrer Verhaftung nicht umso größer gewesen? Sollte ich das ruhige Leben, das ich mir schließlich mit aller Kraft geschaffen hatte, nun freiwillig wieder aufgeben? Denn dass ich neben dieser

Frau nicht wie gewohnt weiterleben könnte, schien klar zu sein.

Und sie: eine alte Frau, starrsinnig, nicht bereit, den großen Irrtum ihres Lebens einzusehen. Sie hatte einen wesentlichen Teil ihres Lebens damit verbracht, einem Gespenst hinterherzulaufen, um schließlich einen lebendigen Menschen zu erschießen. Was würde geschehen, wenn sie plötzlich zu sich käme? Wenn ihre Abwehr zusammenbräche und ihr klar würde, was sie getan hatte? Wie falsch sie gelebt hatte? Zusammenbrüche waren dann unausbleiblich. War es ihre geheime Absicht, in mein Haus zu kommen und sich betreuen zu lassen, wenn es nötig würde?

Ich kann das nicht, dachte ich. Ich bin dafür nicht die richtige Person. Das dachte ich so lange, bis sie eines Morgens vor meiner Tür stand.

Dora

Ich sagte nichts. Ich setzte die Tasche auf dem Boden ab, stand da und sagte nichts. Es war nicht, weil ich nicht wollte. Sie kam mir größer vor, als ich sie nach ihrem Besuch im Gefängnis in Erinnerung hatte. Vor mir stand eine hohe, schmale Person mit langen blonden Haaren. Ihre Augen waren groß und grau, und sie starrte mich an, als wäre ich ein Gespenst. Das aber nur einen kurzen Augenblick. Ich konnte sehen, wie sie sich zur Ordnung rief. Ihr Blick war ihr unhöflich erschienen. Sie bemühte sich darum, ein freundliches Gesicht zu zeigen. Ich sah, dass sie tief atmete.

»Komm ins Haus«, sagte sie.

Sie wandte sich um und ging voraus. Das Haus war einmal mein Haus gewesen. Nun war es mir fremd.

»Stell deine Tasche dorthin«, sagte sie und wies auf einen Stuhl in der Küche.

Ich stellte die Tasche ab und folgte ihr in ein Wohnzimmer, in dem eine Terrassentür offenstand. Sie führte in einen Garten. Ich konnte sehen, dass der Garten klein war und von hohen, dichten Hecken umgeben. Der Garten hatte anders ausgesehen, als ich zum letzten Mal darin gewesen war. Ich hatte einen freien Blick auf die Häuser und Gärten der Nachbarn gehabt.

»Setz dich«, sagte sie.

Sie zeigte auf einen Sessel, der mit gestreiftem Stoff bezogen war, grün und rosa gestreift. Ich erkannte die Form. Vor siebzehn Jahre hatte der Sessel einen dunkelroten Bezug gehabt. Sie setzte sich auf das Sofa mir gegenüber. Es hatte den gleichen Bezug wie der Sessel. Zwischen uns stand ein Glastisch, den ich nicht kannte. Ich kämpfte gegen das Gefühl an, mich klein und alt zu fühlen. Deshalb setzte ich mich gerade hin. Ich richtete mich auf. Sie sollte nicht auf mich herabsehen. Ich war frei. Ich konnte gehen, wohin ich wollte. Ich hatte sie treffen wollen. Nun war ich hier und wusste nicht mehr genau, weshalb.

»Du kannst das Gästezimmer haben, bis du eine Wohnung gefunden hast«, sagte sie.

»Du kannst das Gästezimmer haben, bis du eine Wohnung gefunden hast«, hatte ich gesagt, und sie hatte nicht gleich geantwortet. Ich fühlte mich unsicher. Plötzlich hatte ich den Gedanken, sie wäre gekommen, weil sie ihr Haus zurückhaben wollte, und war erschrocken. Ich sah, dass sie ahnte, was in mir vorging. Sie verstand mich. Wir waren uns plötzlich sehr nahe, aber es war eine Nähe ohne Zärtlichkeit. Es war so, als würde ich erst in diesem Augenblick begreifen, dass wir zusammengehörten, ob wir wollten oder nicht.

Familie, dachte ich. Familie war genau das, was ich seit vielen Jahren zu meiden gesucht hatte.

»Danke«, sagte sie endlich.

Sie sprach laut, so, als wollte sie sich gegen mich behaupten; gegen mich, die ich doch nur mehr Zeit gebraucht hätte, um mich auf ein verändertes Leben einzustellen. Denn mir war schon klar, dass ich sie nicht wegschicken konnte.

Ich stand auf, ging in die Küche, nahm ihre Tasche und ging die Treppe hinauf. Ich zögerte einen Augenblick, bevor ich die Tasche in dem größeren der beiden Gästezimmer absetzte. Mein Freund schlief manchmal hier. Das Zimmer hat ein eigenes Bad. Dann stand ich da und wartete, dass sie die Treppe heraufkäme. Stattdessen hörte ich sie in der Küche rumoren. Ich ging hinunter und sah sie neben dem Wasserkocher stehen. Sie hatte zwei Becher auf den Tisch gestellt, Teebeutel hineingehängt und wartete auf das kochende Wasser.

»Hier hat sich ja nichts verändert«, sagte sie.

Es klang weder freundlich noch unfreundlich, nur ein wenig zu laut.

Dora

Meine Enkelin ging morgens aus dem Haus und kam am Nachmittag, manchmal auch erst am Abend zurück. Sie sagte mir nicht, wohin sie ging, aber an den Briefbogen, die ich auf ihrem Schreibtisch fand, sah ich, dass sie in einem Anwaltsbüro beschäftigt war.

Wir sprachen nicht miteinander, das Notwendigste, mehr nicht. In den ersten Tagen blieb sie völlig stumm. Irgendwann sagte sie: »Der Archivar hat mir deinen Brief gegeben. Ich hab ihn gelesen.«

Wir saßen in der Küche und warteten darauf, dass das Teewasser heiß würde. Ich war überrascht. Weshalb sagte sie das jetzt noch, wo doch schon klar war, dass wir nichts miteinander anfangen konnten.

»Pasewalk. Eine merkwürdige Stadt«, sagte sie, »so tot. Ein merkwürdiger Brief. So gelogen.«

Darauf habe ich nicht geantwortet. Von da an gingen wir uns aus dem Weg. Ich betrat ihre Räume, wenn sie unterwegs war. Ich versuchte, mir ein Bild davon zu machen, wie sie lebte. Es gab keine Spur von einem Mann. Fast war es so, als hätte sie da etwas beseitigt. Ich konnte mir nicht vorstellen, dass eine junge, attraktive Frau allein lebte. Manchmal rief jemand an, immer nur Frauen, die auf den Anrufbeantworter sprachen. Eines Tages war das Telefon verschwunden.

»Man braucht es heute nicht mehr«, sagte sie, als ich danach fragte. »Wenn du willst, kaufe ich für dich auch ein Handy.«

Ich habe darauf verzichtet. Wen sollte ich anrufen?

Manchmal wachte ich nachts auf. Ich hörte sie durch das Haus gehen, in die Küche, den Wasserhahn aufdrehen. Sie trank wohl. Sie kam nun oft spät nach Hause. Ich hatte den Eindruck, dass sie Alkohol getrunken hatte. Dann hatte ich das Bedürfnis, hinunterzugehen und mit ihr zu sprechen. Weshalb blieb ich stumm?

Der Pole

Dass Jan Wieczorek sich als Ingenieur doch noch für die Seefahrt begeisterte, war eigentlich nur folgerichtig. Seine Firma baut inzwischen modernste Technik für Schiffe. Ob die Queen Mary in New York ausläuft oder ein Tanker die Straße von Gibraltar passiert: Diese Technik ist mit Sicherheit an Bord. Die Magnetkompasse, die in seiner Firma hergestellt werden, funktionieren auch unter extremsten Bedingungen.

Ihm ist ziemlich schnell klar gewesen, dass Präzisionstechnik, in Deutschland hergestellt, auf dem internationalen Markt mehr Chancen hat als polnische. Der Umzug von Stettin nach Pasewalk war deshalb schon länger geplant, und seine Firma ist nach der Aufnahme in die EU sofort gekommen. Facharbeiter findet man inzwischen hier leichter als in Polen. Die Ostdeutschen sind nicht besonders flexibel, wenn sie älter sind und Familie haben.

Ihre gute Ausbildung und ihre Fähigkeiten sind für die Firma Gold wert. Dazu kommen EU-Fördermittel und Ansiedlungsbeihilfen. Alles in allem kommen sie gut voran. Für Privates hat Jan wenig Zeit. Manchmal, sonntags, kommt er dazu, die Zeitung zu lesen. Im Grunde ist er kein Freund von Zeitungen. Viel Geschwätz. Aber eine kleine Nachricht interessierte ihn dann doch. Sie stand unter »Blick in die Welt«:

Zu den Personen, die vor achtzehn Jahren eine Zeitlang die deutsche und die polnische Öffentlichkeit sehr beschäftigt haben, gehörte Dora Winter. Inzwischen dürfte ihr Fall aus dem öffentlichen Gedächtnis verschwunden sein. Dora Winter hatte eine junge Deutsche erschossen, die sich mit ihrem Ehemann auf einer Reise durch Polen befand. Die Gründe für ihre Tat, die sie nie geleugnet hat, blieben weitgehend ungeklärt. Politische Verwicklungen, die sich aus dem damals noch sensiblen Verhältnis zwischen Deutschland und Polen hätten ergeben können, wurden mit großen Anstrengungen von beiden Seiten vermieden. Dora Winter erhielt damals für ihre Tat die Höchststrafe: lebenslänglich. Sie wird in den nächsten Tagen nach siebzehn Jahren Haft entlassen.

Das las er, und plötzlich stand die Vergangenheit wieder vor ihm. Bis dahin hatte er versucht, nicht darüber nachzudenken, was geschehen war. Er hatte sich in sein Studium gestürzt, Nächte hindurch gelernt, um schneller fertig zu werden, hatte Ausschau gehalten nach Spezialisierungen, seine Ziele festgesteckt, gearbeitet, die Firma gegründet, gute Leute gesucht, zu wenige gefunden, den

Umzug geplant, war eingezogen. Alles war nach Plan gelaufen, mit viel Arbeit verbunden gewesen, zu viel, um über anderes nachzudenken. Und nun war die Vergangenheit wieder da.

Aber er verstand sehr schnell, dass ihn die Frau, mit der er einmal verheiratet gewesen war, nicht mehr interessierte. Sie war tot. Ihr Schicksal berührte ihn nicht mehr. Es gab nichts mehr zu klären. Und selbst wenn sie gelebt hätte, wäre sie für ihn tot gewesen. Was ihn plötzlich interessierte, war die Frau, die damals geschossen hatte.

Am Anfang kam ihm das absurd vor, und es war auch nicht so, dass er sofort intensiv über sie nachgedacht hätte. Sie tauchte nur manchmal in seinen Gedanken auf. Dann begann er, darüber nachzudenken, wie sie ausgesehen hatte. Plötzlich war ihm nicht mehr klar, weshalb er sich geweigert hatte, an dem Prozess teilzunehmen. Er erinnerte sich an die beiden Beamten, die zu ihm gekommen waren, um seine Aussage aufzunehmen. Sie hatten ihm ein Foto vorgelegt und gefragt, ob das die Frau sei, die im Hotel neben ihnen gewohnt hätte. Er hatte das bestätigt, obwohl man ihm auch ein anderes Foto hätte vorhalten können, von einer Frau, die dieser ähnlich sah. Siebzehn Jahre hat er keine Zeit gehabt, über eine Geschichte nachzudenken, die sein Leben gründlich verändert hatte. Nun ließ ihn diese Geschichte nicht mehr los.

Jan Wieczorek ist ein nüchtern denkender Mensch. Dinge, die einer Klärung bedürfen, werden geklärt. Er kannte einen der Redakteure der Zeitung, einen Wirtschaftsredakteur zwar, aber als er ihn bat, herauszufinden, wann genau diese Dora Winter entlassen würde, sagte der, das mache ihm keine Schwierigkeiten. Und so war es auch. Zwei Tage später hatte er den Entlassungstermin und dazu auch gleich ihre künftige Adresse.

Als er die Angaben vor sich auf dem Schreibtisch sah, seine Sekretärin hatte sie ihm hingelegt, wurde ihm bewusst, dass er noch nicht darüber nachgedacht hatte, was er eigentlich damit anfangen wollte. Aber es konnte nicht schaden, wenn es ein wenig Abwechslung gäbe. Er hatte viel gearbeitet in der letzten Zeit. Er war nervös, unruhig und wusste nicht, weshalb. Hinzu kam die neue Umgebung.

In Pasewalk kann man eigentlich nicht ausgehen. Wenn man Lust hat, einen Abend in Gesellschaft zu verbringen, lädt man am besten zu sich nach Hause ein, oder man lässt sich einladen. Zu der Zeit hat Jan in der Stadt noch keine Bekannten, mit denen so etwas möglich gewesen wäre. Zu geschäftlichen Besprechungen ist er ein paarmal in der »Villa Knobelsdorff« gewesen. Das Restaurant und die Bar waren ihm in angenehmer Erinnerung. An diesem Abend ging er dorthin.

Er hatte geglaubt, es müsse einfach sein, mit irgendjemand ins Gespräch zu kommen, egal, worüber, aber das war es nicht. Männer und Frauen kamen paarweise oder in Cliquen und blieben für sich. Er hatte sogar das Gefühl, verstohlen beobachtet zu werden.

Der Pole. Was macht der hier? Sitzt allein. Hat keine Freunde. Soll er doch bei sich zu Hause trinken.

Sicher ist das übertrieben. Die Kellnerinnen waren sehr freundlich. Er wurde zuvorkommend bedient. Aber um ihn herum war so etwas wie ein luftleerer Raum, in dem sich anscheinend niemand aufhalten mochte. Er blieb trotzdem sitzen.

Gut, dachte er, dann nutze die Zeit zum Nachdenken.

Aber eigentlich war ihm schon klar, dass er nicht mehr nachzudenken brauchte. Er wusste, was er tun musste, um diese lästige Grübelei loszuwerden. Er musste hinfahren, diese Frau aufsuchen und mit ihr sprechen. Für ihn war etwas offen an der Geschichte, die ihn aus einer Bahn in eine andere geworfen hatte. Es würde sich klären, wenn er mit ihr gesprochen hätte. Erst später wurde ihm klar, dass er nicht einmal wusste, was er sie fragen wollte.

Er überlegte, ob ihm als Betroffenem das Recht zustehen könnte, die Prozessakten zu lesen. Also nahm er noch einmal die Hilfe seines Journalistenfreundes in Anspruch. Der nannte ihm den Namen des Anwalts in Berlin, der die Frau verteidigt hatte. Die Kanzlei gab es noch. Er rief dort an und fragte nach einem Termin mit Rechtsanwalt Jagel.

»Jagel senior oder Jagel junior?«, wurde er gefragt.

Jagel senior hatte sofort Zeit für ihn. Zwei Tage später saß er ihm in der Nähe von Berlin gegenüber. Der Rechtsanwalt hatte nach 1990 ein halbzerfallenes Gutshaus gekauft, an einem See gelegen, und, wie er am Telefon versicherte, mit eigenen Händen wieder aufgebaut. Jan fand es merkwürdig, dass er ihm, einem Fremden gegenüber, so sehr auf den »eigenen Händen« bestand. Es stellte sich dann heraus, dass dieser Jagel nichts weiter war als ein freundlicher älterer Herr, der Skrupel empfand über die Art und Weise, in der sich manche seiner westdeutschen Landsleute über die Restbestände der DDR hergemacht hatten;

eine Sache, die allgemein bekannt war, die in den Medien allerdings nicht vorkam. Er versicherte Herrn Jagel, dass ihn dieser Teil der deutschen Geschichte nicht besonders interessiere, was Jagel zu enttäuschen und gleichzeitig zu erleichtern schien.

Sie saßen sich im zentralen Raum seines Hauses gegenüber. Er war einfach eingerichtet: in der Mitte ein langer Tisch mit zwölf zusammengesuchten Stühlen, an einer Stirnseite ein Kamin, in dem man hätte stehen können, an der anderen ein Tisch mit drei Sesseln. Dort hatte ihn Jagel gebeten, Platz zu nehmen.

Ihr Blick fiel durch eine Terrassentür auf eine breite, bröckelige Treppe, die in den Garten führte. Am Fuß der Treppe lief ein älterer Mann, der sich eine Heckenschere unter den Arm geklemmt hatte, mit einer Schubkarre herum. So ganz allein mit eigener Hände Arbeit ist Herr Jagel wohl doch nicht ausgekommen, dachte Jan.

»Ich bin nicht mehr so flink«, sagte Jagel, und nach einer Pause, in der er mit seinen Augen dem Mann mit der Schubkarre folgte: »Sie sind wegen der Winter-Sache hier, stimmt's? Ihr Name war mir noch in Erinnerung. Ich hab mir schon damals gedacht, dass Sie sich keinen Gefallen damit tun würden, nicht zum Prozess zu erscheinen. Ich kenne das. Unerledigte Geschichten. Obwohl Sie eigentlich noch zu jung sind. Meistens sind es die Alten, die noch etwas in Ordnung bringen wollen, bevor sie sterben. Auch eine von diesen Lebenslügen. Was lässt sich schon in Ordnung bringen, das das ganze Leben lang falsch war? Nur um sich das Sterben zu erleichtern?«

»Nur?«, sagte Jan.

Jagel sah ihn erstaunt und, wie ihm schien, auch ein wenig belustigt an.

»Mit Ihnen kann man reden«, sagte er schließlich. »Vielleicht sind Sie der Mann für den dritten Sessel.«

Und als nun Jan ihn erstaunt ansah: »Jeden Mittwoch kommt der Melker. Ich nenne ihn Melker, weil er das gelernt hat. Zu DDR-Zeiten ist er wohl auch so eine Art Bürgermeister gewesen. Dann reden wir über Gott und die Welt. Aber, entschuldigen Sie, deshalb sind Sie nicht gekommen.«

Nein, das war er nicht, obwohl er auch nicht sagen konnte, dass ihm ihre Unterhaltung bis hierher nicht gefiel.

»Dora Winter«, sagte er, »sie wird entlassen.«

»Sie ist bereits entlassen«, antwortete Jagel. »Was interessiert Sie heute noch an der Geschichte? Das ist siebzehn Jahre her, bald achtzehn, wenn man die Untersuchungshaft mitrechnet. Man hat sie die ganze Zeit absitzen lassen, vermutlich, weil sie sich bis zum Schluss geweigert hat, etwas zur Sache zu sagen oder wenigstens Reue zu zeigen. Mir ist nie wieder jemand begegnet, der während des Prozesses so abschalten konnte. Ich hatte über lange Strecken den Eindruck, es interessierte die Dame nicht, was um sie herum gesagt wurde.«

»Wie sind Sie ihr Verteidiger geworden? Haben Sie sie gekannt?«

»Überhaupt nicht. Nachdem man sie festgenommen hatte, hat sie mich angerufen. Sie hatte meine Telefonnummer, aber wir kannten uns nicht. Es ist selten vorgekommen, dass ich mich so überflüssig gefühlt habe wie in diesem Prozess.«

»Haben Sie nicht versucht, mit ihr zu sprechen?«

»Was glauben Sie denn, junger Mann!«

Jagel stand auf und verließ den Raum. Jan sah in den Garten hinaus. Der Mann mit der Heckenschere war nicht mehr zu sehen. Am Fuß der Treppe standen zwei bauchige Gefäße. Sie waren neu und leer und passten nicht zur Treppe und zum Garten.

»Scheußliche Dinger«, sagte Jagel hinter ihm. »Meine Schwiegertochter hat sie mir geschenkt. Ich denke über eine intelligente Weise nach, sie verschwinden zu lassen. Ein Bier?«

Er hatte keine Lust auf Bier. Trotzdem sagte er ja. Er hatte das Gefühl, dass sich der Besuch bei diesem Anwalt als überflüssig herausstellen würde.

»Mich interessiert wirklich, weshalb Sie sich nach so vielen Jahren plötzlich mit der Geschichte beschäftigen. Oder ist es so, dass Sie die ganze Zeit daran gedacht haben? Weil die Sache Sie mehr angeht, als damals ans Licht gekommen ist? Nichts gegen die polnische Polizei, aber wenn es darauf angekommen wäre, hätte ich deren Ermittlungsarbeit am Tatort vor Gericht in der Luft zerrissen.«

»Aber es kam nicht darauf an?«

»Nein«, sagte Jagel. »Es gab ein Geständnis, und die Angeklagte hatte den deutlichen Wunsch, verurteilt zu werden. Das war alles.«

Sie schwiegen beide. Im Garten war der Mann wiederaufgetaucht. Er trug nun eine Harke über der Schulter.

»Ein kurzer Prozess«, sagte Jan, nur um etwas zu sagen.

»Wie man's nimmt«, antwortete Jagel. »Das Gericht

hat sich die größte Mühe gegeben, auch ohne die Mithilfe der Angeklagten die Geschichte aufzuklären. Man wollte der polnischen Presse wohl keine Handhabe bieten, die deutsche Justiz zu kritisieren. Es wurden Zeugen vernommen und Gutachten bestellt. Die Vergangenheit der Familie hat eine Rolle gespielt. Ehrlich gesagt, mir war das Ganze zu viel. Vielleicht, wenn ich eine Möglichkeit gehabt hätte, dabei eine aktive Rolle zu spielen … Aber so? Sie wollte nicht mit mir zusammenarbeiten. Außerdem bin ich noch nie ein Anhänger von Ahnenforschung gewesen. Tausende von kleinen Jungen haben eine lieblose Kindheit, und einer davon wird ein Massenmörder. Soll man die lieblose Kindheit dafür verantwortlich machen?«

Jan musste wohl etwas irritiert ausgesehen haben, denn Jagel hob die Schultern und entschuldigte sich.

»Tut mir leid, eins meiner Steckenpferde, ein Thema für den Mittwochabend, wenn Sie so wollen. Und als Vergleich ziemlich unpassend. Natürlich war die Winter keine Massenmörderin. Man fand auch genügend Beweise dafür, dass ihr Vater kein Massenmörder war. Das Gericht hat sich wirklich Mühe gegeben.«

»Ihr Vater?«

»Ach, wissen Sie, das war dann so eine Theorie von mir. Sie hatte sich ja nicht direkt selbst angezeigt. Sie hatte die Tatwaffe und irgendwelchen Kleinkram an ein polnisches Museum geschickt und sich bezichtigt, ihren Vater getötet zu haben. Die Leute aus dem Museum haben die Sachen an die Polizei weitergegeben. Die hat dann festgestellt, dass der Vater der Winter schon vor Jahren gestorben war, sie ihn also gar nicht erschossen haben konnte.

Aber die Waffe passte zu den Kugeln, die man im Körper Ihrer Frau gefunden hatte. Daraufhin hat man die Winter festgenommen, aber sie hat geschwiegen, außer dass sie behauptete, ihren Vater getötet zu haben. Ich hab ihr geglaubt. Sie hat ihren Vater symbolisch erschossen. Verstehen Sie, was ich meine?«

Er verstand nicht ganz genau, aber er nickte.

»Ihre Frau muss diesem Vater ähnlich gewesen sein. Erinnern Sie sich daran, dass die beiden etwas miteinander zu tun hatten? Irgendein Streit, eine Auseinandersetzung? Vielleicht gibt es ja doch einen Hinweis darauf, was diese sinnlose Tat ausgelöst haben könnte.« Jagel sah ihn an.

Er versuchte, sich an damals zu erinnern. Schließlich schüttelte er den Kopf. »Nein. Das ist zu lange her. Tut mir leid. Weshalb interessiert Sie das alles noch?«

»Ach, nur so«, sagte Jagel. »Irgendetwas Unerledigtes war dabei. Und dann natürlich auch, dass die Staatsanwaltschaft dem Gericht eine völlig andere Geschichte als meine präsentierte. Das geht mir wohl gegen die Berufsehre. Mord aus niedrigen Motiven, eine Art Rache wegen eines Streits, bei dem es um Frühstücksbrote gegangen sein sollte; irgendein Zank zwischen Frauen, ich erinnere mich nicht mehr genau. Und die Angeklagte schwieg zu allem. Den Rest kennen Sie. Lebenslänglich, nach fünfzehn Jahren überprüft, noch ein paar Jährchen verlängert, und nun hat sie's hinter sich. Was meinen Sie, hätten Sie nicht doch Lust, die Mittwochabende hier zu verbringen? Ich habe auch einen ordentlichen Rotwein.«

Jan hat nicht gleich geantwortet. Er dachte darüber nach, wie fremd und fern ihm die Geschichte geblieben war, die Jagel ihm gerade erzählt hatte. Was hatte er eigentlich hier gewollt? Was hatte er erwartet? Es wurde Zeit für den Rückweg.

Er sah auf die Uhr.

»Jaja, ich sehe schon, Sie wollen mich verlassen. Trotzdem: ein merkwürdiger Zufall. Sie wissen, dass die Stadt, in der Sie sich angesiedelt haben, im Leben dieser Winter eine Rolle gespielt hat?«

»Pasewalk? Nein«, sagte er. »Das wusste ich nicht. Oder vielleicht habe ich es gewusst und nur vergessen. Ich weiß eigentlich auch gar nicht mehr, weshalb mich die Sache interessiert hat. Ich glaube, ich muss mich bei Ihnen entschuldigen. Ich hab Sie aufgehalten.«

»Sagen Sie doch so etwas nicht. Lesen Sie mal Tschechow, wenn Sie Zeit haben, am besten die Briefe. Er verbringt die Sommer auf dem Land und beschwört ununterbrochen seine Freunde, ihn dort zu besuchen. Dabei malt er ihnen das Landleben in den schönsten Farben aus. Weshalb braucht er da noch Besuch, fragt man sich, wenn man nicht bedenkt, dass der Mensch ein Gesellschaftstier ist. Man hat mir übrigens mitgeteilt, wohin sie nach ihrer Entlassung gegangen ist. Warten Sie, ich hole Ihnen die Adresse.«

Er erhob sich ächzend und verließ das Zimmer, ohne dass Jan ihn daran gehindert hätte. Er wollte es wohl auch nicht. Er würde die Adresse nicht brauchen, aber da er schon seine Einladung zurückwies, wollte er wenigstens diese Aufmerksamkeit nicht ablehnen.

Nach einer Weile kam Jagel zurück. Er gab ihm einen Zettel und brachte ihn nach draußen.

»Leben Sie wohl«, sagte er.

Sie standen in der Eingangstür und sahen über den Platz davor, der mit hellem Kies bestreut war. Auch hier standen ein paar Gefäße herum, die aber wohl so alt waren wie das Haus. Sie waren bepflanzt mit Blumen, die lange, schmale Blätter und lila Blüten auf ungewöhnlich hohen Stängeln hatten. Kraken in Töpfen, dachte Jan.

»Ich frag Sie jetzt nicht, ob Sie etwas vom Gärtnern verstehen«, sagte Jagel. »Vielleicht aber einmal an einem Mittwoch, wenn Sie sich doch noch entschließen sollten, einem alten Mann und einem Melker Gesellschaft zu leisten. Sie haben ja gesehen: Das Haus ist groß genug. Sie könnten hier übernachten.«

Er verabschiedete sich. Auf dem Weg zum Auto warf er einen Blick auf den Zettel, den Jagel ihm in die Hand gedrückt hatte. Eine Berliner Adresse stand darauf. Was für einen Grund sollte er haben, dorthin zu gehen?

Lisa

Ich konnte nicht jeden Abend ausgehen, obwohl ich mir die größte Mühe gab, nicht zu Hause zu sein. Ich hielt die merkwürdige Art, wie sich unser Zusammenleben entwickelt hatte, nicht aus. Dabei bemühte sich die alte Frau, mich nicht zu stören. Sie machte sich ihr Essen, wenn ich nicht da war. Sie versuchte, alles so wieder wegzuräumen, wie sie es vorgefunden hatte. Aber das ging nicht immer; oder manchmal doch, und dann fand ich es unnatürlich, dass sie sich solche Mühe gab, die Spuren ihrer Anwesenheit zu verwischen. Ich wusste ja trotzdem, dass sie da war.

In den ersten Tagen war sie aus ihrem Zimmer gekommen, wenn ich heimkam. Sie hatte guten Abend gesagt, und ich hatte ihren Gruß erwidert. Dabei war es geblieben. Ich wusste nicht, worüber ich mit ihr hätte sprechen sollen. Und sie wusste es offenbar auch nicht. Nur dass sie daran gewöhnt war, stumm zu sein, und mich dieser stumme Besuch wahnsinnig machte. Dann blieb sie nur noch oben. Bis ich diesen Zustand nicht mehr aushielt.

Ich nahm nur noch selten Akten mit nach Hause. Ich blieb einfach länger im Büro. So konnte ich mir einbilden, sie sei schon im Bett, wenn ich kam. Dann war einmal die Putzkolonne nicht rechtzeitig fertig geworden. Ich musste abends das Büro räumen. Also nahm ich meine Arbeit mit. Als ich ankam, sah ich Licht in der Küche. Irgendwie hatte ich gerade vergessen, dass ich nicht allein sein würde. Ich war wütend, auch weil ich plötzlich fand, wenn sie schon im Haus war, dann könnte sie sich wenigstens nützlich machen. Ich weiß, ein absurder Gedanke, aber er ging mir durch den Kopf, als ich auf die Haustür zuging.

Sie hatte mich gehört. Das Licht in der Küche verlosch. Als ich das Haus betrat, herrschte die übliche Stille. Ich machte das Licht im Flur an und schrie nach oben.

»Ich will mit dir reden!«

Im gleichen Augenblick dachte ich: Worüber denn, um Himmels willen. Hoffentlich bleibt sie, wo sie ist.

Aber den Gefallen tat sie mir nicht. Sie erschien oben

an der Treppe, in einem altmodischen Morgenrock, den ich als Kind an ihr gesehen hatte. Sie war auf dem Boden gewesen und hatte ihre Sachen hervorgekramt. Sie stand da, in diesem gesteppten Ding, das ihr viel zu groß war, sie war ja kleiner und schmaler geworden, die Haare grau und aus der Stirn gekämmt, und im ersten Augenblick tat sie mir leid. Aber ich konnte das Gefühl nicht zulassen. Ich wollte nicht. Sie war es gewesen, die mich verletzt hatte. Sie musste den ersten Schritt tun. Und sie tat nichts.

»Ja?«

Ihre Stimme schien mir klein und so, als ob sie sich Mühe geben müsste, selbstbewusst zu klingen.

»Ach, lass«, sagte ich.

Ich ging ins Arbeitszimmer und horchte auf ihre Schritte. Natürlich hörte ich nichts. Diese verdammte Angewohnheit, sich unsichtbar zu machen.

Dora

Wenn ich einen Wunsch frei hätte, so wie im Märchen, würde ich mir wünschen, wieder im Gefängnis zu sein. Das denke ich mindestens drei Mal am Tag und besonders dann, wenn ich allein im Haus bin. Ich sitze am Fenster und sehe auf die Straße. Manchmal geht unten jemand vorüber, eine Frau mit einem Kind, ein alter Mann, der die Füße nicht mehr richtig anheben kann und mit Trippelschritten über den Boden schlurft. Er muss in der Nachbarschaft wohnen. Vielleicht habe ich ihn einmal gekannt. Wie sehr das Alter verändert. Ich muss nur in den Spiegel sehen. Wer ist diese Frau?, denke ich dann.

Seit man mich aus dem Gefängnis entlassen hat, ist mein Leben ohne Zusammenhang. Ich erinnere mich, dass ich Pläne gemacht habe für die Zeit, wenn ich frei wäre. Nun kommen mir diese Pläne sinnlos vor. Ich wünsche mir, auf dem Stuhl am Fenster zu sitzen und kleiner und kleiner zu werden, so klein, dass ich am Ende in einer Ritze des Stuhls verschwinde.

Unten im Haus geht meine Enkelin umher und wünscht vermutlich das Gleiche. Ich sollte nicht hier sein. Ich sollte mich darum bemühen, eine eigene Wohnung zu finden. Aber weshalb? Hier ist genug Platz, und es kann doch sein, dass ich kleiner und kleiner werde und zuletzt einfach verschwinde.

Lisa

Ich verabredete mich mit meinem Freund; nicht, weil ich das dringende Bedürfnis hatte, ihn wiederzusehen, sondern weil ich mit jemandem reden musste, der meine Geschichte kannte. Außerdem gab ich ihm heimlich die Schuld daran, dass die alte Frau zu mir gekommen und geblieben war. War er es nicht gewesen, der behauptet hatte, ich dürfe sie nicht zurückweisen?

Wir trafen uns an einem frühen Nachmittag Ende Dezember zu unserem üblichen Spaziergang, diesmal an der Krummen Lanke. Dichter Nebel, kein Wind, die Spaziergänger tauchten vor uns auf und verschwanden wieder, als hätte es sie nie gegeben. Unmöglich, die Kronen der Bäume zu erkennen, dafür Herbstlaub auf der Erde und von irgendwoher Motorengeräusche, die wie durch Watte zu uns drangen. Vielleicht ist es einfacher, offen zu reden, wenn man eingeschlossen ist, wenn man die Welt nicht mehr erkennen kann. Es ist so, als wäre man allein, und das Problem, mit dem man sich gerade noch herumgeschlagen hat, wäre eigentlich nur erfunden, denn Probleme gibt es nur im Zusammenhang mit der Welt, und die Welt existiert nicht mehr.

»Ich will, dass sie auszieht«, sagte ich.

Ich hatte ihm die Situation gründlich beschrieben: ihre lautlose Anwesenheit, unsere Sprachlosigkeit (ich sagte tatsächlich »unsere« Sprachlosigkeit, nicht »ihre«), dass ich mich im eigenen Haus beobachtet fühlte, dass ich sie als verlogen empfand, weil sie mir noch immer nicht gesagt hatte, dass ihre schriftliche Beichte nur die Hälfte der Wahrheit gewesen war.

«Such ihr eine Wohnung, wenn sie es nicht selbst tut. Richte sie ein. Sicher hast du noch ein paar alte Möbel, die ihr gehört haben. Und dann soll sie endlich ausziehen«, sagte mein Freund.

Ich sah ihn erstaunt an. Alles Mögliche hatte ich erwartet, aber diesen Rat nicht.

»Sie ist erwachsen«, sagte er. »Sie muss lernen, den Rest ihres Lebens selbst in die Hand zu nehmen. Du kannst ihr dabei nicht helfen.«

»Du verstehst nicht«, sagte ich. »Wahrscheinlich bin ich die Einzige, die ihr helfen kann. Und ich kann's einfach nicht.«

»Mach doch nicht alles so kompliziert. Das Problem löst sich von selbst, wenn sie ausgezogen ist, jedenfalls vorläufig. Und dann irgendwann auch endgültig. Sie wird nicht ewig leben. Wie alt ist sie eigentlich?«

Plötzlich kam es mir so vor, als wäre mein Freund immer nur auf seinen eigenen Vorteil bedacht. Die alte Frau nahm den Platz in meinem Leben ein, den er für sich selbst beanspruchte.

»Ich helfe dir bei der Wohnungssuche«, hörte ich ihn sagen.

Sie soll entscheiden, dachte ich, und laut sagte ich: »Nein, das ist nicht nötig. Ich glaube, ich weiß nun, was ich zu tun habe. Lass uns von etwas anderem reden. Vielleicht sollten wir ein Glas Wein trinken. Was hältst du von ›Lutter und Wegener‹?«

Dorthin gingen wir und tranken, obwohl es noch nicht einmal dunkel war. Ich weiß nicht, ob er ahnte, dass wir uns zum letzten Mal sahen. Je länger ich dort saß und die blasierten Leute an den Nebentischen beobachtete, desto klarer wurde mir, was ich tun würde. Trotzdem ging ich später mit in die Wohnung meines Freundes, schlief mit ihm ein letztes Mal und übernachtete auch dort. Es war mir wichtig zu prüfen, ob mein Entschluss auch am nächsten Morgen noch feststand.

Ich wurde wach, als es noch dunkel war. Eine Weile lag ich still und versuchte, mich zu orientieren. Ich gehe jetzt, dachte ich, ich gehe jetzt nach Hause und rede mit ihr. Und das tat ich auch.

Jedenfalls hatte ich es vor, bis ich den Mann vor unserer Haustür sah. Ich dachte, er hätte sich in der Tür geirrt oder er wäre ein Vertreter, der gleich wieder verschwinden würde. Er verschwand nicht. Er wartete darauf, dass die alte Frau die Tür öffnete. Sie wechselten ein paar Worte miteinander. Dann trat sie zur Seite, er ging ins Haus, sie schloss die Tür, und mir schoss der völlig irrsinnige Gedanke durch den Kopf: Jetzt hat sie das Schicksal ins Haus gelassen.

Dora trifft den Polen

Vielhundertmal hatte ich mir in den vergangenen Jahren die Begegnung mit ihm vorgestellt. Immer waren in meiner Phantasie die gleichen Bilder erschienen. Zuerst waren da die Szenen im Hotel. Er setzt sich an den Tisch, an dem ich schon Platz genommen habe. Er grüßt freundlich und zurückhaltend. An seiner Seite die Frau macht ihm zu schaffen. Sie ist laut, und wenn er sie nicht liebte, würde er sich ihrer schämen. Er würde aufstehen und gehen. Aber er geht nicht. Dann sehe ich ihn auf dem Balkon des Nebenzimmers. Er trägt einen kurzen Bademantel. Daran, wie sich sein Rücken bewegt, sehe ich, dass er weint. Die Bilder, auf denen ich ihn am Tisch sitzen sehe, sind schwarzweiß. Das Bild auf dem Balkon und auch das folgende, unten in der Bar, sind farbig.

Sein Bademantel ist hellgrau, er hat die gleiche Farbe wie die Wände in meiner Dusche und der Fußboden des Balkons. Das Gitter des Balkons ist rot. Rotgolden sind die Anzüge der Äffchen-Kapelle in der Bar, bunt die Kleider der Weiber, mit denen seine Frau sich unterhält.

Er trägt einen sehr hellen Anzug. Sein Gesicht ist im Schatten, bis auf den kurzen Augenblick, in dem wir uns ansehen. Da taucht das Gesicht aus dem Schatten auf, ernst, blass, unsere Augen treffen sich, und es verschwindet wieder.

Es war dieses Gesicht, das mich ansah, als ich die Tür öffnete.

Lisa

Ich wartete eine Weile, aber der Mann kam nicht wieder heraus.

Wie kann sie einen Fremden ins Haus lassen?, dachte ich. Ich ging zur Haustür und öffnete, vielleicht sogar in der Erwartung, dass ich ihr helfen müsste. Im Haus war es still. Offenbar hatte sie den Mann nach oben mitgenommen. Ich stieg die Treppe ein paar Stufen empor, bis ich die Stimmen der beiden hörte. Alles schien in Ordnung zu sein. Es klang nicht so, als ob sich zwei stritten. Ich ging wieder hinunter und ließ die Tür zu meinem Arbeitszimmer offen, so dass ich den Mann sehen könnte, wenn er die Treppe hinunterkäme.

Ich wartete lange. Irgendwann begann ich, mir Sorgen zu machen. Was, wenn er der alten Frau Gewalt angetan hätte und nun in aller Ruhe dabei wäre, ihre Schränke zu durchwühlen? Endlich beschloss ich, nachzusehen.

Ich stand am Fuß der Treppe, als oben die Tür geöffnet wurde. Zuerst erschien Dora und dann der Fremde. Sie lächelte, und als sie mich sah, verschloss sich ihr Gesicht nicht. Es blieb freundlich, auch wenn ich, als sie näher kam, einen traurigen Zug darin zu erkennen meinte.

»Das ist Jan Wieczorek«, sagte sie. »Schön, dass du nun zu Hause bist. Ich möchte, dass du ihn kennenlernst.«

Lisa und Jan in Pasewalk

Jan: Ehrlich gesagt, als wir uns das erste Mal gesehen haben, hast du ziemlich verdattert ausgesehen. Und dann wurdest du so abweisend, dass man sich vor dir hätte fürchten können.

Lisa: Du meinst nicht »verdattert«, sondern blöde. Dass ich abweisend war, lässt sich leicht erklären. Ich hielt dich wahrscheinlich für einen besonders raffinierten Vertreter.

Jan: Du wusstest, dass ich kein Vertreter war.

Lisa: Vielleicht. Aber wer warst du dann? Weißt du, eigentlich müsste ich heute noch enttäuscht sein, weil sie zuerst mit dir gesprochen hat und nicht mit mir.

Jan: Und? Bist du's?

Lisa: Du weißt doch, wie ich über sie denke.

Jan: Und wie denkst du über mich? Lach nicht. Ich mein's ernst.

Lisa: Wie soll ich schon über jemanden denken, der mich in diese Pasewalker Einöde verschleppt hat. Heute Mittag bin ich auf dem Markt gewesen. Die Leute sehen mich immer noch so an, als käme ich vom Mond.

Jan: Kommst du nicht? Es könnte übrigens sein, dass ich neue Räume für die Firma gefunden habe. Groß genug, um auch für dich ein Büro dort einzurichten. Ich vermute, du möchtest nicht ewig zu Hause sitzen und dir Gedanken darüber machen, wofür dich die Leute halten.

Lisa: Du bist wieder auf dem Kasernengelände gewesen.

Jan: Das ist kein Kasernengelände mehr. Dort exerziert niemand. Das Gebäude zur Straße hin wird von der Verwaltung genutzt. Der rückwärtige Teil, ich vermute, da waren früher Ställe und Mannschaftsunterkünfte, hat zwei Flügel. Der eine ist renoviert und der andere steht leer. Dort könnte ich versuchen …

Lisa: Im Historischen U, so nennt man den Gebäudekomplex. Und da willst du …

Jan: Sei mal still. Hörst du?

Lisa: Ich höre nichts.

Jan: Warte. Bleib sitzen. Ich geh mal nach draußen und seh nach.

Lisa: Jan? Was ist los? Wie siehst du aus? Was ist dort vor der Tür? Was hast du gesehen? Sag was!

Jan: Sie sind weg. Komm mit hinaus. Sie haben dich gemeint, aber eigentlich meinen sie mich.

Lisa: Wer ist weg? … Ach!

Jan: Polenhure.

Lisa: Sie meinen uns beide. Deshalb schrubben wir das auch gemeinsam weg.

Lisa

Wir nehmen diesen Vorfall nicht leicht, jedenfalls ich nicht. Jan, mein Mann, geht eher großzügig darüber hinweg.

»Was wollen die denn«, sagt er. »Eine Handvoll zurückgebliebener Neonazis, die niemand gebrauchen kann. Die Anführer kommen von außerhalb. Die Leute hier werden schon noch merken, was sie davon haben, dass ich meinen Betrieb in der Stadt angesiedelt habe. Die Zeitung ist auf meiner Seite. Und auch in der Verwaltung gibt es Menschen, die uns wohlgesinnt sind.«

Ich glaube ihm. Aber gleichzeitig habe ich ein ungutes Gefühl. Lernt man denn aus der Geschichte? Ich weiß es nicht.

Dora

Er hat mich gefragt, warum ich seine Frau erschossen habe. Ich habe ihm die ganze Wahrheit gesagt. Ich weiß nicht genau, weshalb, aber ich war schon sehr lange sicher, dass nur der Pole der Mensch sein könnte, mit dem ich sprechen müsste. Ich habe zu ihm von dem Schweigen gesprochen, das meine Jugend begleitet und mich krank gemacht hat, von der Phantasiewelt, die aus dem Schweigen entstanden ist und die am Ende zu dem Mord an seiner Frau geführt hat. Zu ihm habe ich auch von dem Schock gesprochen, der mich traf, als ich begreifen musste, dass mein Vater nicht der war, für den ich ihn gehalten hatte. Ich habe ihm gesagt, dass ich meinen Vater gebraucht hätte und dass er sich mir durch sein Schweigen entzogen habe.

Er hat mir zugehört. Ob er mich verstanden hat, weiß ich nicht. Ich weiß ja nicht, wie diese jüngeren Leute heute empfinden. Ob Geschichten wie meine ihnen bedenkenswert oder lächerlich vorkommen. Am Ende hat er sich erkundigt, wie ich die Zeit im Gefängnis überstanden habe. Er hat davon gesprochen, dass er Menschen kenne, die im Gefängnis das Sprechen verlernt hätten. Von mir habe er diesen Eindruck nicht. Das waren belanglose Worte, aber sie haben mir gezeigt, dass er nicht mein Feind ist.

Manchmal besucht er mich hier, in dem Haus, das meiner Enkelin gehört. Sie begleitet ihn nicht. Wir haben uns verloren; auch eine Folge des Schweigens. Aber ich weiß, dass es ihr gutgeht in Pasewalk.

Die Zitate sind folgenden Werken entnommen:
Gisela Kraft: keilschrift. Berlin 1992
Heiner Müller: Die Gedichte. Frankfurt am Main 1998
Werner Hinze: Lieder der Straße. Bd. 1. Hamburg 2002
Mascha + Nina + Katjuscha: Frauen in der Roten Armee. Berlin 2002
Joseph Conrad: Die Schattenlinie. Frankfurt am Main 1973

Für Erläuterungen zur Stadtgeschichte Pasewalks danke ich Wolfgang Brose.
Günther Jacob gilt mein Dank für Hinweise zum Thema SS.
Ebenso bedanke ich mich für seine Unterstützung bei Herrn Dr. Helmut Maaß, in dessen Verlag u. a. erschienen sind:
Wolfgang Brose: Pasewalker Persönlichkeiten, 2006
Carsten Plötz: Pasewalk 1848–1945, 2005